二人の富豪と結婚した無垢

ケイトリン・クルーズ 作

児玉みずうみ 訳

ハーレクイン・ロマンス

東京・ロンドン・トロント・パリ・ニューヨーク・アムステルダム
ハンブルク・ストックホルム・ミラノ・シドニー・マドリッド・ワルシャワ
ブダペスト・リオデジャネイロ・ルクセンブルク・フリブール・ムンバイ

GREEK'S ENEMY BRIDE

by Caitlin Crews

Published by Harlequin Japan,
a Division of K.K. HarperCollins Japan, 2025

ケイトリン・クルーズ

ニューヨークシティ近郊で育つ。12 歳のときに読んだ、海賊が主人公の物語がきっかけでロマンス小説に傾倒しはじめた。10 代で初めて訪れたロンドンにたちまち恋をし、その後は世界各地を旅して回った。プラハやアテネ、ローマ、ハワイなど、エキゾチックな地を舞台に描きたいと語る。

主要登場人物

ジョリー・ジラール・アドリアナキス……ホテル・アンドロメダ勤務。
マティルド……ジョリーのいとこ。
スピロス・アドリアナキス……ジョリーの亡夫。
アポストリス・アドリアナキス……スピロスの息子。実業家。
ディオニ・アドリアナキス……アポストリスの妹。
アルセウ・ヴァッカロ……アポストリスの友人。

1

その日は結婚式には最悪の天候だった。

ホテル・アンドロメダはキクラデス諸島でもっとも美しい崖の一つに堂々と立つ、歴史ある最高級ホテルだ。しかし国際的に高く評価され広く愛されているその華麗な建物でさえ、この容赦ない土砂降りの中では魅力を失って見えた。天も招待客たちと同じくらい、今日の常識を超えた結婚式に驚いているのかもしれない。

ジョリー・ジラール・アドリアナキスは白波の立つ海を見おろせる大きな窓のそばにいた。着ているのは控えめで上品なデザインのウエディングドレスだが、色は紫がかったグレーだった。個人的にはこの色で正しいのだと思っていた。

自分の気持ちを表しているから。

しかし嵐だろうとなんだろうと、結婚式は間違いなく執り行われる。そこからは逃れられない。新郎新婦はどちらも努力し、考えられる限りの法的な手段を尽くして逃れようとした。遺言が読みあげられたあとの激しい口論はいつまでも終わらず、葬儀のあともホテルの外にたむろしていたパパラッチに気づかれなかったのが不思議なくらいだった。

悲しいことに解決策は一つも見つからなかった。

悪名高き年老いた大物実業家スピロス・アドリアナキスを亡くした妻ジョリーは、悪魔と結婚しようとしていた。スピロスが所有していたもっとも裕福で華やかな人々しか滞在できないホテル・アンドロメダは、彼の父親の代にホテルに改築された。その前身は、当時あまり観光客に知られていないギリシアの島に祖父が建てた大邸宅だった。

花婿はジョリーの傲慢で不愉快な継息子、アポストリス・アドリアナキスだった。彼もまた世界じゅうに名前がとどろいていた。その理由は行きすぎた行動と、派手な女性関係だった。

スピロスは亡くなる直前、妻に約束した。〝心配いらない、ジョリー、私が君の残りの人生の面倒を見てやる〟

ジョリーは夫を信じるべきではなかった。その程度の分別はあるはずだった。一人でも信用できる人がいたら、彼女の人生は違っていたはずだ。

朝だというのに、外はとても暗く空も厚い雲におおわれていて、ガラスに自分の姿が映っていた。私は亡き夫にしてやられたのだと思って、彼女は顔から表情を消した。意気消沈しながら結婚式に現れて、新郎であるアポストリスに満足そうな顔をされたくはなかった。

もし意気消沈して状況がどうにかなるなら、いくらでもそうしていた。永遠にも等しいアポストリスとの結婚を決めたときも、なかば自暴自棄になっていた。でもその悪夢の五年間が終われば、私は自由になれる。

ようやく解放されるのだ、いとこのマティルドも一緒に。そうなれば好きなことができる。

なにをしたいのかは、そのときになってみないとわからないけれど。

ジョリーは興奮で背筋がぞくぞくするのを感じた。しばらくしておとぎばなしに怪物が出てくるように、背後のドア口に男性の人影が現れた。

いいえ、違う。彼女は自分に強く言い聞かせた。彼は怪物でありたいと望んでいるだけだ。

アポストリス・アドリアナキスはただの人間でしかない。

彼がタブロイド紙に書かれた記事を信じて自身を神に近い存在か、超自然的ななにかだと考えはじめたら、ジョリーはそう言ってやるつもりでいた。

ジョリーはアポストリスのほうを向いた。彼は怪物ではないかもしれないが、だからといって背後にはいてほしくなかった。そうするくらいなら胸やおなかをさらけ出したほうがましだ。服を――。

しかし、頭に思い浮かべた光景はどうかしていた。彼女はアポストリスを直視しながら素肌を見せる自分を思い描いていた。これはよくない。

どんなにそうでなければいいのにと望んでも、アポストリスにはほかにもジョリーにとって不幸な真実があった。明らかに性格に問題がいくつもあるのに、彼はどうしようもなく魅惑的で、催眠術みたいに人を引きつけずにおかないのだ。アポストリスを崇拝していないジョリーでもそう思うなら、地球上の大多数の人々が目を輝かせて彼のあとをついてまわるのは当然のことなのかもしれない。

ギリシア神話の神々に限らず、ジョリーはどんな神も信じていなかった。とはいえアポストリスを見るたび、もしかしたら神はまだこの地球上にいるのかもしれないと思わないわけにはいかなかった。神がこの島のような場所に滞在し、夏になるとセレブや観光客でにぎわう村に出かけ、楽しいものがたくさんある路地をそぞろ歩いていたら、の話だけれど。アポストリスの衝撃的なほど美しい顔や輝く茶色の瞳をちらりとでも見たなら、心を奪われてしまうのは確実だった。

たぶん、アポストリスが生まれつき傲慢な男性なのに感謝したほうがいいんだわ、とジョリーは考えをめぐらせつづけた。そのほうがいいのだ。アポストリスと同じくらい非の打ちどころのないハンサムだと思いこもうとしながら、本当は全然違う男性を相手にするのがどれほど面倒か。

きっと試練と言っていいに違いない。

花婿は服装で自分らしさを表現しようとしている

らしい。予想どおりのスーツ姿だが、まるで着たまま朝まで眠っていたみたいなひどいありさまだ。アポストリスのことだから、誰かとベッドにいたのかもしれない。ひょっとしたら相手は複数という場合もありえる。

彼が誰とベッドをともにしていても気になんてならないわ、とジョリーは自分に言い聞かせた。

「おはよう《カリメーラ》」アポストリスの口調は、ギリシア語の美しい響きと単純な朝の挨拶をだいなしにするほど荒かった。「性格のねじ曲がった継母《ままはは》と結婚するには最高の悪天候じゃないか？　僕ほど幸運な男はこの世にいないはずだ」

「私のほうが喜んでいると思うわ」ジョリーは礼儀正しくほほえんだ。そうすれば彼が挑戦と受け取るのは承知していた。あの目の輝きを見ればわかる。「ごみ捨て場が人になったような男性と無理やり結婚させられるくらい、幸せなことはないもの。うれしくてたまらない」

アポストリスが笑い、部屋の中へ入ってきた。その一歩一歩は優美そのもので、まるで歩くというよりすべっているかのようだった。

しわくちゃのスーツ姿なのに、とジョリーは思った。彼の髪は誰かの手によってかき乱されたみたいに見える。あのシャツのボタンはわざとはずしてあるの？　それとも急いだせいでうっかりしていたの？　ひょっとして誰かにとめてもらったとか？

でも尋ねることはできない。私は気にしていないのに、気にしていると花婿に思われるわけにはいかない。

現在の状況ではどんな勝利も望めないとわかって、二人はあきらめの境地にいたっていた。といってもそれはせいぜい不安定な休戦状態というだけで、いつ対立関係に戻ってもおかしくなかった。なぜなら、どちらも現在の状況を歓迎してはいなかったからだ。

選べるなら、ジョリーとスピロスの結婚から彼の葬儀と遺言の読み上げまでのように、二人は距離を置いた礼儀正しい態度を続けていただろう。そしてひと言も口をきかずに別れたあとは、二度と会おうとしなかったはずだ。

アポストリスは、妹のディオニと同い年の女性と結婚した父親を許さなかった。スピロスはディオニとジョリーが卒業した花嫁学校《フィニシング・スクール》で二番目の妻に出会ったのだった。

また父親とは四十歳も離れていると忠告しても聞き入れなかったジョリーにも憤慨していた。スピロスほどの年寄りに近づくのは生け贄《いにえ》になりたいか、金めあての女だからだ、というのがアポストリスのつまらない言い分だった。

彼がジョリーをどう考えているかは明らかだった。スピロスとの結婚式の前夜、彼女は十歳年上の継息子にこう言った。〝私はただ力のある人が好きなだけだわ〟

それが、ジョリーがスピロスと結婚していた七年間にアポストリスと交わした、たった一度きりの個人的な会話だった。

彼女はアポストリスを許そうとは思わなかった。彼のことは考えたくもなかった。

なのに今、その人と結婚しようとしている。

いったいなにをしたらこんな運命になるのか、ジョリーにはさっぱりわからなかった。すべては叔母夫婦のせいだったけれど、継息子と結婚するなんて。ひょっとしたら前世での悪行が関係しているのかもしれない。それっていったいなに？　そう考えるほうがずっと楽しそうだ。

アポストリスがジョリーのそばで立ちどまり、彼女をちらりと見てから強風が吹き荒れる外に目を向けた。本能的に彼と一緒に振り向いて、ジョリーはたちまち後悔した。なんとなくその仕草はあまりにも自然だった。まるでアポストリスをまねたみたいに体勢も速度も同じだった。

だから、私はこれまで決して彼のそばに行くまいとしていたのかもしれない。

二人の間に存在していた目には見えない境界線を踏み越えなければよかった、とジョリーは悔やんだ、ひょっとしたら踏み越えたのはアポストリスのほうだったのかもしれないが、いずれにせよ彼女が得することはなかった。そばにいるせいで、絶対に気づきたくなかった彼の魅力に気づかされていた。もちろん、背が高いのはよく知っている。それに気分や写真写り、あるいは選ぶ服によってより細身に上品に見えたり、危険なほどたくましく見えたりするのも。おまけにカリスマ性まで備えているのが残念でたまらない。

しかしそう思えるのは、アポストリスが部屋の反対側から凍りつくような礼儀正しさをジョリーに向けているときに限られた。

ジョリーは決して小柄ではなく、アポストリスの肩にかろうじて届くくらいの身長があった。今日はヒールが適度に高いパンプスをはいていたが、たとえどれほどヒールが高かったとしても彼の背を追い越すことはできない気がした。

それを腹立たしく思うのよ、とジョリーは自分に言い聞かせた。

しかし本当は違った。

アポストリスのそばにいると、ジョリーは自身をか弱くとても女らしいと感じた。その事実を突きつめて考えたらショックを受けそうだった。

考えなかったのは、アポストリスから漂う香りがすてきだったからだ。

そんなことを知らずに一生を終えていた可能性もあった。アポストリスの香りは強すぎず、コロンほど甘ったるくもなかった。ほのかなオレンジとクローブの香りは、忘れようと努力してきた子供時代のクリスマスを思い出させた。

けれど、やさしい気持ちになるという選択肢はなかった。そうしても意味はなく、いい結果になるより悪い結果になりそうだった。

ジョリーはアポストリスのぬくもりも感じ取っていた。花婿はまるでラジエーターのように熱を発している。

彼は単に立っているだけなのかもしれない。なのに、私が考えすぎているのだ……。

「完璧な天候だ」アポストリスが言った。「少なくとも僕たちにとっては」

彼女はアポストリスの香りや体温や背の高さについて考えるのをやめた。「天気は天気だわ」

二人の視線が交錯した。ジョリーは、二人が同じことを考えているのにアポストリスがおびえている気がした。そこにはとてつもない意味があった……二人らしいとは言えなかったからだ。

「僕の弁護士にあの厄介な遺言について調べさせた」アポストリスが雨と、今日はとても魅力的とは言えない灰色の海のほうに向き直って言った。「だが、不備を見つけることはできなかったらしい」

ろくでなしとして有名なこの男性がなぜ法律の専門家をかかえているのか、ジョリーはわざわざ尋ねなかった。ただ無造作に肩をすくめた。「今でもこの状況を打開する方法があると考えているあなたに敬服するわ」

「ジョリー、僕は父と君との関係がどうだったか知らない」アポストリスがやさしくも危険な声で言った。だが、まなざしのほうがよりやさしく危険だった。「父が自分の食べ残しを息子に遺《のこ》そうと考えた理由がどうしても理解できないんだ。一ミリも」

アポストリスはスピロスが亡くなってからの数週間、ジョリーを食べ残しよりもずっとひどい言葉で表現していた。それに比べれば、食べ残しはほめ言葉と言ってよかった。そのことを思い出したのか、アポストリスが口角を上げた。目が輝いているにもかかわらず色が濃さを増しているのは、悪意がこもっているからだろう。

彼女は花婿の悪意を全身で感じていた。

好ましい感覚ではなかった。「少なくともこの十年間、快楽を追い求めること以外にはなんの興味も示さなかったあなたが、遺言が読みあげられた次の日からホテルのオーナーになりたがるはずと、なぜあなたのお父さんは考えたのかしら?」ジョリーはにっこりした。そして口調を鋭くした。「私に言わせれば、ホテルに火をつけるのも同じなのに」

「だが、父は君一人にオーナーになってくれとは言わなかった」アポストリスの声はいつもより低く、ジョリーは無意識のうちに彼に近づいていたのだろうかと疑いたくなった。「君という重荷を引き受けることをどう思うか、僕にきかなかったようにね。だからこうなった」大仰な仕草で、彼がジョリーに肘を差し出した。「というわけで結婚式が待っている。司祭も所定の位置についた。ここにいてすべてを忘れていてもかまわないが、それではなにも変わらない。ただ先延ばしにしているだけで」

「ええ、心の準備はできているわ」ジョリーはカクテルパーティでよく使う陽気な笑い声をたてた。「ここだけの話、結婚に対処する心の準備ならあなたよりずっとできていると思うの。五年の結婚期間がなんだというのかしら? あなたと離婚するとき、私はまだ若いと言える年なのに」

その言葉に、彼女はある種の爽快感を覚えた。この数週間、二人は互いを撃つための言葉を次から次へとさがしていた。そして今みたいに、思いつくたびに勝利感を味わった。

アポストリスの目が細くなり、ジョリーはなにが彼の気にさわったのか知りたくなった。この茶番劇が終わったとき、私が三十二歳になっていること？　それとも二人の年齢の差？　私は二十七歳になったばかりだ。アポストリスとは十歳離れているけれど、そのこともスピロスが私と結婚したときに彼が気にしていた〝どんでもない年齢差〟に入るのかしら？

私とアポストリスはこれから何年もかけて、互いを攻撃できる言葉を見つけては磨きあげていくのだろう。

夫婦になったあとも、水面下では一触即発の緊張状態が続くのだ。

ジョリーはアポストリスの腕に腕をからめ、なにも感じていないふりをした。肌がざわめくこともなく、彼を意識しすぎて体が熱くなってはいないふりを。

それでも呼吸をするたびに胸がドレスの身頃にこすれるせいで、まるできわどい服でも着ているかのような気分だった。

ずいぶん前に、よけいなことをするのは無駄だと学んでいた。夫のそばにいるだけで、人々はジョリーの人となりを勝手に決めつけた。控えめな服装やふるまいをすればするほど、密室ではなにが行われているのかと想像された。

私にとってはよかったのでは？　少なくとも叔母夫婦にとっては都合がよかった。今もそうだ。当分、同じ状態は続く――。

そこでジョリーはあることに気づいた。

スピロスが七年間も結婚していた妻になにも報いなかった事実に、私はがっかりしているの？　そのとおりだ。でも、誰にも言えないから表情にも出さなかった。

アポストリスは、自分の言うことに人が従うのは当然と考えている男性だ。そんな人が、私と彼の妹ディオニが親しいと知っているとは思えない。

ディオニと私の友情が続いているのは、スピロスとの結婚については話さないという暗黙の了解が二人の間にあったからだろう。現に一度も彼女とそういう話をした覚えはない。

スピロスが生きている間も今も、私には秘密がある。これからもその秘密は守りつづけなければならない。

亡き夫が妻にあと五年、そうしていてほしいと望んだから。

アポストリスはジョリーを大広間から連れ出し、今後は二人で維持していく予定の歴史あるホテルの中を歩いていった。ホテルを共同で経営するなんてできるわけがない、と彼女は思っていた。だから今日はそれについて考えないようにしていた。

ジョリーはひと目で気に入った古きよき建物の優美な雰囲気を噛《か》みしめた。昔話によると、ここはスピロスの祖父が結婚した若い島の娘への愛の証《あかし》として建てられたらしい。島の端にある崖の上にそびえるように立つ姿には、気品に満ちた存在感があった。昔話では妻に迎えられた娘の美しさにも匹敵し、彼女が愛するクレタ島から離れて暮らすと決めた理由にもなったそうだ。

その建物を家族が暮らす家からホテルに変えた人物が、スピロスの父親だった。そうしたのはすばらしい建物をほかの人々とも分かち合うためだったと言う人もいるが、借金の清算のためだったというほうがよく知られていた。公に語られることはほとんどなかったが。

スピロスは父親よりビジネスの才覚があった。彼は人生の前半を費やしてここを今日の姿に――高級ホテルにした。このホテル・アンドロメダは口コミ以外の宣伝を行っていなかった。

〝大切なのは言葉ではなく、誰の口がそう言っているかだ〟とはスピロスの好きな言葉だった。

ホテル・アンドロメダを称賛する口とはメディアにしょっちゅう取りあげられ、その生活に憧れられるもっとも華やかな人々を指していた。しかし残念ながらスピロスは経営よりも見栄《みえ》を張るほうに興味があり、ジョリーと結婚したときのホテルは経営難に陥っていた。

ところが現在のホテルは二年先まで予約でいっぱいなうえ、去年も空室はほぼなかった。リピート客も多く、キャンセル待ちも引きも切らなかった。

このホテルには伝説が必要というのが、スピロスの持論だった。そのため彼はジョリーをホテルの象徴として扱い、光り輝く神秘的で完璧な存在としてふるまわせた。したがって実は彼女が帳簿をつけたり経営に携わったりといった〝数字を扱う汚い業務〟をしていることは秘密にされた。

宿泊客には、ホテル自体が自分たちをもてなしていると錯覚させるくらいのほうが都合がよかった。

ジョリーも同感だった。神話や伝説は絶景やホテル内にある店よりもずっと人を呼ぶ。それにスピロスは、彼女がホテルをどうしようと決して口出ししなかった。仕事はジョリーの避難場所だった。スピロスがその事実に気づいていると、彼女はわかっておくべきだった。

結婚式は、現在滞在中の著名な宿泊客とそのつき添いたちが、遊びに出かけた別の島から嵐のせいで帰ってこられないうちに執り行う予定だった。つまり、いつか窓の外のような悪天候になるのをジョリーとアポストリスは待ち望んでいたわけだ。

ここホテル・アンドロメダでは、スタッフ全員がめだたずにいることが重要だった。宿泊客は魔法でもてなされているかのような扱いを受けたがった。思っただけで欲しいものが手に入るかのような印象を抱きたがった。

宿泊客ではない者同士の結婚式は、その大事な魔法をだいなしにしかしない。

ジョリーは海を見ながら朝食をとったり、ときにはお茶の時間を楽しんだりする小さな部屋にアポストリスと一緒に入ると、穏やかだが謎めいた表情を浮かべた。

そこにいたのは、心配と不安の入りまじった顔をした結婚の証人たちだった。二人の結婚式にほかの招待客はいなかった。ディオニは相変わらず着飾るのが苦手らしく、まとめていた髪は崩れ、ドレスもきちんとしているとは言いがたかった。学校時代、彼女は教師たちを怒らせてばかりで、いくら注意されても完璧な服装でいられなかった。身につけているだけなのに服の裾はほつれ、ストラップはずり落ちた。まるで気品という遺伝子を持っていないかのように、いつもほんの少しみすぼらしく見えた。

ジョリーは今日初めて感情がわきあがるのがわかったけれど、必死に抑えつけた。たった一人の親友のためでも心を動かすつもりはなかった。

部屋の反対側を見て、ジョリーは気を引きしめた。そこにはアポストリスにとってもっとも大切な友人である男性がいた。彼女がアルセウ・ヴァッカロについて理解できない点はいくつもあった。いちばんの謎は、なぜ彼とアポストリスが友人なのかということだ。シチリア島出身のアルセウは厳しく陰鬱な男性で、つねに唇は引き結ばれ、まなざしは鋼鉄のようだった。彼のひとにらみでギリシアじゅうの花がいっせいにしぼんでもおかしくない、とジョリーは思っていた。

そんな男性がアポストリスみたいな、世界を股にかけるプレイボーイにして浪費の天才と会う時間を作るとは想像もできない。

しかも、こんな悲劇としか言えない結婚式にまで姿を現すなんて。

でも、これは現実なのだ。

　アポストリスがアルセウと握手している間、ジョリーは魂が体から抜けてどこか高い場所から目の前の光景を見おろしているような錯覚に陥った。どうやら本当に二人は親しいらしい。あのいつも不機嫌そうなシチリア人がかすかとはいえ、ほほえんだのだから。

　アポストリスがまた花嫁の腕を取り、二人は司祭の前に進み出た。状況を考えると、司祭は不自然なほどうれしそうだった。

　ディオニが持っていたブーケを花嫁に差し出した。

「あなたが持ってて」ジョリーはささやいた。「私には必要ないものだから」

　ディオニがため息をついた。「花のない結婚式なんて想像できないわ。意味がないと思う」

　ジョリーがこの友人を好きなのはこういうところがあるからだった。ディオニは途方もない富に恵まれ、この世でもっとも裕福な人々の中で生きているにもかかわらず、誰よりも純粋な心の持ち主だった。スピロスは娘を〝私の宝石〟と呼んでいたものだ。

　ディオニが私みたいな人生を送ることはないに違いない。彼女は自分の生き方を選べる。望めば恋愛結婚だってできるはずだ。

　ディオニは私のような育ち方をしていないし、私が何年も耐えている悩みもない。

　いとこのマティルドと同じく、私はディオニのことも守ってみせる。

　そうする機会があるとは思えないけれど。アポストリスはたしかに救いがたい男性だ。でも、妹に対してだけは違う。

　司祭が咳《せき》ばらいをした。

　ジョリーはアポストリスを見つめ、充実していた寡婦としての最後の瞬間を噛みしめた。これから私はまたしても夫を持つはめになる。

　こちらを向いた拍子に、アポストリスの目が一瞬輝いた。だが、表情はいつになく真剣だった。

ジョリーは花婿の心を読めたかのような錯覚に陥った。

この結婚でそんなことが起こるなどありえないのに。それでも、彼女は胸が高鳴っているのに気づいた。

花婿が激しさを抑えた穏やかな口調で呼びかけた。

「準備はいいかな?」

ジョリーは自分を厳しくいましめた。いいえ、私にこの人の心はわからない。あるのは闘いだけ。その事実を決して忘れないで。

そしてジョリーはあっという間にアポストリスの憎むべき継母から、彼が嫌悪してやまない妻となった。

2

茶番劇に等しい結婚式の前夜、アポストリスは自分の父親の墓を掘り返す夢を見た。スピロスは火葬され、骨壷《こつつぼ》が家族の納骨堂に安置されていた。それでも夢の中のアポストリスは月明かりの下、見知らぬ崖の上で土を掘り返していた。棺《ひつぎ》の中の老人はまだ生きていた。そして笑っていた。

〝なぜ僕にこんなまねをする?〟アポストリスは父親が生きていた間は隠していた怒りをむき出しにしてどなった。〝これが父親が一人息子にする仕打ちか?〟

〝礼には及ばんよ、我が息子〟スピロスが答えた。それからまた笑った。

もし老人があの世で今も笑っていたとしても、幸い、目を覚ましたアポストリスには聞こえなかった。父親の遺言は控えめに言っても衝撃的としか言えない内容だった。むろん、礼を口にする気にはとうていなれなかった。

〝ホテル・アンドロメダとそのほかの遺産を相続するためには〟遺言を読みあげる弁護士の声はつまらなそうだった。〝私の一人息子のアポストリスと妻のジョリーは次のように行動しなければならない。この遺言が発表されてから三週間以内に結婚し、きっかり五年間、誰の目にも幸せな夫婦として一緒にホテルを経営すること。離れていいのは三カ月に一度、二週間以内とする〟

弁護士が言葉を切り、二人を見つめたとき、アポストリスと同じ部屋にいた女性――つまり父親の憎らしい後妻は、自分と同じくらい怒りを爆発させるはずと確信していた。しかし、どちらもなにもしなかった。そんなことをしても楽しくなかったし、彼女が怒りを爆発させると考えた己が恥ずかしかった。だが、その気持ちも表には出さなかった。父親とジョリーが結婚している間、自分も彼女も胸に秘めた言葉を決して口にしなかったように。

父親の二番目の妻への気持ちを内緒にしていたくらいで勝った気になっていた自分が情けない。

しかしジョリーほど注意深くめぐらしていたアポストリスの心の壁を突き崩し、爪を深く突きたてた女性はいなかった。彼女はいつも苦もなくそうすることができた。

二人は結婚という最初の障害は乗り越えた。残っているのは厳しい世間の目にさらされながら過ごす五年間だった。ギリシア富豪の遺産相続人としてヨーロッパでもっとも悪名高いジョリーは、四十歳上のスピロスと結婚して以来、執拗《しつよう》な憶測とゴシップの対象になってきた。

そんな女性を妻にして幸せそうに見えなければならないとは、なんと喜ばしいことか。アポストリスは暗い気持ちで思った。

彼もジョリーもこの災難にも等しい結婚を祝う気にはなれず、披露宴には興味がなかった。だが快活で希望に満ちあふれた妹のディオニが、結婚式が終わったとたん手をたたいて、みんなにサプライズがあると告げた。それは豪勢な朝食で、妹は明らかに、これが普通の恋人同士の結婚であるかのように全員が食事に参加するのを期待していた。

友人で兄弟も同然のアルセウは激怒するかもしれない、とアポストリスは思った。

ところが、誰もディオニにノーと言わなかった。いつも冷たく無愛想なアルセウでさえも席についた。

その中で、ディオニはとりとめもなくしゃべりつづけた。緊張しているのか、それとも気をつかっているのかはわからない。アルセウは相づちを打つこともなく、そんな彼女を感情のない目で見つめていた。そしてアポストリスとその新妻はというと、全身にいらだちをにじませていた。

いや、いらだっていたのは彼一人だったのかもしれない。

「乾杯しないと」ディオニが友人である花嫁に言った。誰もろくに手をつけていない料理はすっかり冷めていた。「花婿付添人《ベストマン》またはギリシアだとクンバロスという役割の人が――」

「その栄誉は譲る」アルセウが口を挟んだ。声は氷のように冷たかった。

「乾杯の前にひと言いいかな」アポストリスは思わず口走っていた。隣にいるジョリーが硬直するのがわかって、心からうれしかった。「僕が持つ権利が僕のものでなくなり、僕以上に悪名高い女性と分かち合うことになった気持ちを言葉で表すのはむずかしいんだが」

アポストリスは立ちあがらず、椅子の背にもたれて、顔を赤らめているはずの花嫁にグラスを掲げた。

しかし、ジョリーは頬を染めていなかった。明らかに違うのに、いつもと同じ天使のように無垢《むく》な顔をしている。すべての混乱の元凶のくせに、自分に責任があるとは思いもしていないらしい。

恐ろしい女性だ。

「七年前も僕たちは今日に似た席につき、初婚だった彼女を祝福しながら祝辞や決まり文句を言い合った。四十歳という年齢差は五月と十二月ほど正反対の二人が恋に落ちるに等しいのだろうか？　いや、君と父は一月と十二月だったのかな？」ほほえんだのは実際楽しかったからだ。「かつて母親だった女性が、今回は十歳差まで結婚の条件を引きさげてくれたことを、僕は光栄に思わなければ」

「私は条件を引きさげてはいないわ」ジョリーが穏やかに反論し、アポストリスは全身を爪で引っかかれたかと思った。「私の意思はまったく関係ないの。亡き夫の遺志を尊重した結果だから」

「欲とは関係があるだろう」彼はけだるい笑みを浮かべて訂正した。ただし、目は笑っていなかった。「君は偶然、想像を絶するほど裕福なかなり年上の男と恋に落ちたのかもしれない。雷は落ちるべくして落ちるというが、僕はなにもわかっていなかった。それでも、ジョリー、君の動機はもっとありきたりだと想像していたんだ」

妹が大きく見開いた目に困惑を浮かべた。「兄さん、乾杯前にふさわしい挨拶とは思えないわ」

しかし、アポストリスはさらに熱心な口調で続けた。「僕のいとしい継母《ままはは》にして妻よ、君がこれほどまでに現実的な恋に落ちたことに敬意を表すよ」

もし彼がジョリーに恥をかかせたかったのなら、失望を味わうはめになっただろう。ジョリーが自分のグラスに手を伸ばし、退屈を吹き飛ばすにはシャンパンがいちばんだというようにひと口飲んだ。

「あなたの妹は、私たちが学校で言われていたことをあなたに伝えなかったのね。先生はあのころの私たちがつき合いたがった男の子を下品と言い、真剣な顔でこう注意してくれたの。〝淑女たるもの、つねに心にとめておかなくてはなりません。お金持ちの男性でも貧しい男性でも恋に落ちるのは簡単だけれど、優雅で快適な人生を送れるのはどちらか一方だけなのですよ〟と」

「そうだったわね」ディオニがうなずいた。「ええ、本当によく言ってた。先生自身は裕福な男性と結婚しなかったから、貧しい男性のほうが優雅で快適な人生を送れるってことよね。先生の言ったとおりなら、裕福な男性は熟しすぎて落ちた果物みたいに大地を汚しているだけになるわ」

アルセウが信じられないというように冷ややかな視線をディオニに向けた。「熟しすぎて落ちた果物だって？」口調には非難と驚きがこもっていたけれど、ディオニは少しも臆さなかった。というより、なにも気づいていないみたいに見えた。

「腐った桃とか？」アルセウが話を続けたがっていると本気で信じている顔で、彼女は陽気に言った。「先生によれば、ヨーロッパじゅうにそういう男性がいるんですって」

親友が卒倒する前に、アポストリスはグラスをもう一度ジョリーに向けてほほえんだ。「遺言の内容を聞いたときは、ホテルごと燃やしてしまいたいと思ったよ」期待していたのに息をのんだのは妹一人だった。だが少なくとも、もう腐った果物の話は聞かずにすんだ。「どうにかしてここをよこしまな野心を持つ不愉快な女性の手から救いたかったんだ。彼女は遺産の半分を手に入れたわけだからね」

天使のような顔をしたジョリーが、鈴の音に近い笑い声をたてた。「私も言わせてもらうわね、私の継息子にして夫よ。もしあなたが自分の野心をよこしまだと語っているつもりなら、そのとおりだと思うわ」

アポストリスは笑った。四人を無理に引き合わせたのはいい考えではなかったと悟ったのか、ディオニは自分の皿に視線を落としている。一方アルセウは、窓から身を投げようと本気で考えているふうだった。

それでもあまりに楽しすぎて、アポストリスにやめるつもりはなかった。何年も言いたかったことをついに口にしたのだ。これまでは必要最低限の言葉以外は口にするのを我慢していた。遺言が読みあげられたときでさえ、長年胸に秘めてきたことをぶちまけようとはしなかった。なぜなら、まだ遺言に異議を唱えられる希望があったからだ。だが今はまたとない好機だ。幸せそうな夫婦に見せかけるのは明日からでいい。

「僕は自分に問いかけたよ。いったい僕がなにをしたせいで、父は自分の妻と息子を結婚させるのだろう、と。ジョリー、君と僕がともにみじめな五年間を過ごさない限り、このホテル・アンドロメダの所有権は手に入らない。当然、二人はホテルの伝説を守るために役を演じることになる。想像もつかないが、僕は父のばかげた遺言に従うつもりだ。シルク・ドゥ・ソレイユ並みの曲芸を演じる必要があるとしても」

妹がわけがわからないという顔をし、アルセウが礼儀正しく視線をそらした。

アポストリスの妻はほほえんでいた。彼女をよく知らなければにこやかな表情に見えたかもしれないが、アポストリスは剃刀《かみそり》のような鋭さを感じ取った。

「がんばってね、私には関係ないけど」

「いや、君にも関係ある」彼はワイングラスを大きくまわして自分とジョリーを指した。「君と僕は五年間年もの間、このホテルで踊りつづけなければならない。父は墓の下から僕に復讐《ふくしゅう》しているんだ」

「パパは親切だと思ってそうだけど」ディオニが言ったが、アポストリスもジョリーも彼女には目を向けなかった。

ジョリーの天使を思わせる表情が揺らいでいた。

「この結婚を私が画策したと、あなたは考えているのかしら」今度の笑い声は鈴の音には似ていなかった。「スピロスと結婚してから七年間、私は費やした時間と努力に見合った和解があなたとできると思っていた。まさか、前以上の問題にぶつかるとは想像もしていなかったわ。性格のゆがんだ道徳心のない、野良猫が修道士に見えるほど評判のよくない男性への慈善活動を強制されるなんて、誰に予想できるかしら?」

「道徳心の話がしたいのかな?」挑発されたというのに、アポストリスは喜びを感じながら尋ねた。

「七年前から毎年、なにかにつけてはっきり言ってきたと思うけれど、あなたには関係ないことだわ。ずっとね」その瞬間、ジョリーは怒ると冷たくなるのにアポストリスは気づいた。彼女のいらだちは氷の一撃のようだったが、アポストリスには温かく感じられた。

「だが今は関係ある」ジョリーの神経を逆撫《さかな》でするために、彼はまたもや大げさな言い方をした。「父の遺言のせいでね。君は僕の継母にして妻、そして汚点になったんだ」

ジョリーが信じられないという声をあげた。

「数々の汚点を残してきたあなたがホテルを手に入れるなんて、私は断固として反対だわ。スピロスはあなたの不品行ぶりに驚くほど寛容だったけど、思い出してはため息をついていたはずよ。たぶん彼はあなた一人ではホテル・アンドロメダをもてあますと思って、補助輪が必要だと考えたんでしょうね。

でもまともな神経の持ち主ならそんな仕事は引き受けないとわかっていたから、私にその役目をさせようと思いついたのよ」

アポストリスは大笑いした。愉快だったからではない。むしろ、遺言が読みあげられたときからあった怒りが爆発している気がした。まるで僕が人間失格だというような言い方じゃないか。僕と父親の関係を知らず、彼女も決して品行方正ではないのに、僕のほうが罪深いだと？

つまり、実の父親は息子についての世間の噂《うわさ》を信じていたわけだ。真実は噂ほどひどくなかった。僕はずっと父親なら理解していると思っていた。

ところが父親はわかっていなかった。ジョリーが言ったように、本当に僕に助けが必要だと考えていたのかもしれない。アポストリスは胸にナイフを突きたてられた気分だった。

彼はそれも妻のせいにした。

彼女を責める理由ならいくらでもあった。

「ここでなにがあったかなら、みなわかっている」アポストリスは笑うのをやめてジョリーに言った。「昔からよくある話だ。若くて欲の深い娘が、楽な生活をさせてくれる年上の男を求める。その代償はただ一つ。美はつねに金を持つ者の間で取り引きされるからね。そして七年かけて哀れな父を説得し、とんでもないものをせしめようとした。アドリアナキスの姓と分不相応な生活だけでは足りなかったわけだ」彼は大げさにため息をついた。「なぜなのかはわからない。だが、誰も君の真の姿を忘れてはいない。自分にはすばらしい価値があると思っているようだが、実際は貪欲な薄汚い野心の塊、金めあての小娘にすぎないんだ」

「私にもわかったことがあるの」アポストリスの花嫁であり宿敵でもある女性が軽い口調で言った。

彼はジョリーが自分に近づき、自分も彼女に近づいていることにぼんやりと気づいた。二人がいつ動いたのかはわからなかったが、二人は今、結婚式のときとほぼ同じ距離にいて、ジョリーの目には氷のような怒りが浮かんでいた。

「お金も力もある男性はその二つがもたらすものを喜ぶ。社会階層を問わず魅力的な女性たちから注目されることとかをね」彼女の完璧な形の眉が一方だけ挑戦的に上がった。「本当の権力者はお金めあての女性にも悩みはしないわ。なぜかというと、彼らは自分の労働の成果を女性に惜しみなく与えるのが好きなのだもの。そしてそこから喜びを得る。なぜなら彼女たちは彼らが見つけた美しいダイヤモンドであり、彼女たちが輝くまで磨くのが彼らの望みなのだから。お金めあての女性たちが地上を歩きまわり、疑うことを知らない獲物をさがしているのを心配するのはどういう人かわかるかしら？」

アポストリスの答えを聞く前に、彼女がしみじみとうなずいた。

「そう、ちっぽけな男性たちなの。権力もカリスマ性もなく、これから先どちらも手に入れられないとわかっている人たちなのよ」

ジョリーがアポストリスを後者だと考えていることは明らかだった。

一瞬、彼は頭の中が真っ白になった。まるで目に映るすべてが消えうせたかのようだった。

意識できるのはジョリー一人だった。

この救いがたい女性は時間がたてばたつほど、空っぽな頭にふさわしい外見になると思っていたが、実際は違った。ジョリーのような女性は別の女性に取って代わられる恐怖と闘いながら痩せ細り、猛禽《もうきん》類そっくりな容貌になると予想していたのに。

どちらかといえば、ジョリーは七年前の結婚式の日よりも美しかった。純白のドレスに身を包んだ彼女がここホテル・アンドロメダにやってきた日、太陽は輝き、海は青くきらめいていた。

　そしてジョリーは太陽と同じ色の髪と、地中海を思わせる色の瞳の持ち主だった。当時、彼女の本当の姿に気づいていたのはアポストリス一人だったのかもしれない。ジョリーのほほえみは貪欲だったし、視線は計算されつくしていた。父親への態度も妻というより看護師のようだった。

　〝おまえに彼女と友達になれとは言わんよ〟かつて父親は笑いながら話した。〝むしろ距離を置いていてほしいくらいだ。だが礼儀は守ってくれ〟

　アポストリスは、礼儀を守れないのはジョリーのほうだと確信していた。金めあての女とはそういうものだ。彼女は年上の男を手に入れた。それなら次は、偶然知り合った年下の男といちゃつきはじめるに違いない。つまり、父親のいないところで僕に迫ってくるに決まっている。

　父親の披露宴を冷ややかな気持ちで眺めながら、アポストリスはそれがどう始まるかを想像した。そのときはどうやってあの女の正体を暴き、追い出してやろう？

　ところがジョリーが彼に迫ることはなかった。

　驚いたことにうぬぼれの強い、人を操る能力に長《た》けた彼女は、アポストリスを軽蔑して徹底的に避けた。七年間、態度は一度も変わらなかった。

　それどころか、もともと低かったアポストリスに対するジョリーの評価は時がたつにつれて下がる一方だった。今日も彼女は僕をたしなめているつもりらしい。

　とんでもない暴挙だ。

　彼の全身に激しい憤りが駆けめぐった。原因はジョリーの言葉だけではなかった。

　父親との関係を維持するためにしてきたことを思うと、なにかを壊したくなった。だがジョリーがいくら恥ずべき存在でも、父親が長い間家族よりも仕事と愛人たちを大事にしていたのは彼女のせいではなかった。

スピロスはこのホテルに滞在する人々からほめそやされるのが好きだった。彼を偉大な男に見せる役に立つからだ。新聞もスピロスを、〝世間でもっとも敬愛される権力者たちとファーストネームで呼び合う大物実業家〟と書きたてた。〝ホテル・アンドロメダはいわばきらびやかな舞台だ。その魅力と気品の中心には一人の男がいる。オーナーのスピロス・アドリアナキスである〟

スピロスにとって大物実業家のイメージを守ることは息子よりもずっと大事だった。長い間苦しんできた妻よりも、両親の結婚生活を救うどころか母親の命を奪って生まれ、アポストリスが面倒を見たディオニよりも。妹を養育係《ナニー》たちには任せられなかった。彼女たちの目的はかわいそうなディオニの世話をすることではなく、父親のベッドで過ごすことだったから。

決してできないと知りつつも、アポストリスはそのすべてを許そうとしてきた。

だから、できる限りの方法で父親の気を引いた。

だが継母にして妻であり宿敵でもある女性に、そんなことを言うつもりはなかった。彼女は自分がどういう人間なのか、なにを考えているのか、この家族が本当はどういう姿をしているのか打ち明けるのにいちばんふさわしくない相手だった。

彼は問題の女性を眺めた。

ジョリーは繊細そうに見えるが、そうではない。数年間観察してきたから、その外見が偽りなのはわかっている。しなやかな体は父親が作りあげたこのきらびやかなホテルにすんなりととけこみ、訪れる大物映画スターや上流社会の寵児《ちょうじ》たち以上に魅力的だった。

ジョリーのもっとも大きな嘘《うそ》は、決して氷のように冷たく見えないうわべだ。彼女は本当に美しい女性だった。髪はブロンドで、瞳ははっとするほど青く、顔は完璧な左右対称で頬骨は高く、唇は官能的だった。

父親がなぜジョリーを選んだのか、アポストリスにはよくわかった。当然だ。彼女はまさにホテル・アンドロメダの特別な客層が思い描く理想の女主人だった。

下劣な衝動にふける機会がたっぷりある限り、父親はホテル・アンドロメダの伝説を汚すまいとした。そして世間で言われているとおり、ジョリーはホテルにおける完璧な貴婦人だった。

そのせいでアポストリスはますます彼女を嫌悪した。

とはいえ結婚を強制されたことは、彼にとって都合のいい面もあった。とにかく父親への復讐の計画を立て、実行する時間を与えられたわけだから。

父親は自分の行いの代償を払わなかった。それならジョリーに払ってもらうまでだ。

アポストリスは下腹部が鉄のようにこわばるのを感じながらそう誓っていた。何度も。

「どうして黙っているの？」問題の女性がきいた。その声も愛くるしい顔も楽しそうだ。

ジョリーは見たこともないほどいきいきしていて、アポストリスは暗い喜びを感じた。おまけに驚いたことに、彼が熱い怒りを抑えつけている間にアルセウと妹は立ち去っていて、部屋には妻と自分しかいなかった。

どうして気づかなかったのだろう？

「僕が君の言うちっぽけな男でよかったな」アポストリスは立ちあがった。ジョリーの表情が変わったのは、彼が大柄だったからだけではないだろう。これは興味深い。「でなければ、仕返しをしていたかもしれない」

　ジョリーが口角を上げた。その仕草は研ぎすまされた鋭利な刃物を連想させた。「そうしてもらいたいくらいだわ。あなたがこの数年間、どんな豊かな人生を楽しんできたのか身をもって知るのが待ちきれない」

　しかし復讐には長い時間が必要だった。勝つことが目的なら、だが。

　アポストリスは勝つつもりだった。

　彼は首を振った。「時間はたっぷりある。五年は長いからね」

　彼女は相変わらずテーブルについたまま、椅子の背もたれに片方の腕をけだるそうに投げ出していた。

　だがアポストリスは、彼女が退屈そうに見せかけたいのがわかった。「千八百二十五日だものね」妻の声は静かだった。「でも数える人なんていないでしょう？」

　より厳粛な瞬間が訪れ、二人は顔を見合わせた。

　いつもならアポストリスはジョリーと目を合わせるのを疫病のように避けていた。危険だからだ。

　理由は考える気にもならなかった。

　嫌悪感をむき出しにしながら、彼はゆっくりと手を伸ばした。ジョリーの顔にもまったく同じ感情が浮かんでいた。

「いとしい妻よ」アポストリスは低く無愛想な声で言った。「自由になるその日まで、僕たち二人で数えようじゃないか」

　ジョリーが立ちあがり、先ほどより冷たい笑みを浮かべて夫の手を取った。妻の手はなめらかで温かかったが、彼は感じているものを認めまいとした。

「ええ」ジョリーが口を開いた。ほほえみには刃《やいば》のような輝きがあった。「あなたと私のどちらがより罪深いのかわかるまでね」

3

世界の終わりとはおかしなもので、ジョリーの苦痛などおかまいなしに時間は流れていった。もちろん、彼女の世界はずっと前に終わったも同然だった。自分を気にかけてくれる人はいない、という事実には慣れているはずだった。誰にも太陽がのぼるのをとめたり、潮の満ち引きをとめたり、過ぎ去っていく日々をとめたりすることはできないという事実と同じだ。

祖父母の死は最初にしてもっともつらい出来事だった。二歳のときに両親を亡くしたジョリーを、二人は引き取って育ててくれた。けれど両親の記憶はあまりなく、彼女は深い罪悪感を抱いていた。記憶と呼んでいるものは実は祖父母から聞いた両親の話や、そのときに見せられた写真のことだった。

祖父母はジョリーの世界そのものだった。それが十数年後、すべてが変わった。

祖母が亡くなったとき、ジョリーは十三歳だった。祖父はたった一人の孫とその死を嘆き悲しんでいたが、彼女が十七歳になると普通の学校に通わせるのではなく花嫁学校《フィニシング・スクール》へ入れた。ジョリーはそこで祖母のように有能な女性になる方法を学んだ。

〝フィニシング・スクールって女の子が自分らしく生きられるようになるんじゃなくて、いい結婚ができるようになるところだと思ってた〟かつてジョリーはそう言ったものだ。

すると祖父が目を細めて笑った。〝そうか。だがこの特別な学校でなにをどう考えるかを教わっても、結婚はしてほしいな〟

祖父はずっとフィニシング・スクールはジョリー

のためになると言いつづけた。しかし彼女が入学して数カ月もしないうちに肺炎に倒れ、この世を去った。

それだけでもじゅうぶんな変化だった。祖父にはそれなりの財産があって、すべてジョリーに譲られた。けれど当時の彼女はまだ十七歳だったため、遺産の管理には条件がつけられていた。

裁判所が遺産の管財人に任命したのは叔母夫婦だった。ジョリーの両親とは疎遠だったが、二人は誠実で温かな人たちに見えた。

ジョリーは叔母夫婦を信じていた。あまりに悲惨な喪失を経験したかわいそうな姪《めい》を助けたい、と語る二人なら、つらかった過去を忘れさせてくれそうだった。

甘い考え方をしたのはそれが最後だ。

気づくとジョリーは、これまでにあったさまざまな出来事を思い浮かべながら夢遊病患者のようにホテルをさまよっていた。まばたきをして頭を振り、周囲を見まわす。どうかスタッフの誰もぼんやりした今の私を見ていませんように。もしアポストリスに見られでもしたら最悪だ。

運命の結婚式から一週間がたった今日は準備の日だった。滞在していた著名な宿泊客は前日に出発していた。ホテル・アンドロメダは宿泊客を家族と考えるので、チェックアウトの時間がない。それもあって宿泊客とそのつき添いたちは昨夜遅くまで居座り、なかなかホテルを出ていこうとしなかった。

そのため、ホテルはいつも新たな宿泊客を迎える前に一日の猶予を設けていた。チェックアウトの日を無視する者がいたらやさしく丁寧に、決して直接的な言い方はせずに、次の宿泊客が来る前に出発するよう説得した。

丸一日あっても、著名な宿泊客の気前はいいが要求の多い滞在のあとでは思ったより短く感じた。奇跡を起こす力を持つ選《え》りすぐりのスタッフは、さっそく歴史あるホテルを徹底的に磨きあげた。おかげで次の宿泊客が到着したときには、まるで彼らの帰りを待っていたかのような姿だった。今回の宿泊客は一カ月滞在する予定の家族で、ホテルが我が家みたいな雰囲気であることを好んだ。

宿泊客の中にはホテルのオーナーと高級酒を酌み交わしたがる人もいた。スピロスの死後も、彼らは夜になると集まり、昔話に花を咲かせた。自分一人で思い出話に参加することがなくなったジョリーは、そのときに冷静でいられる自信がなかった。

なぜならアポストリスがいたからだ。怠け者を熱心に演じている男性を警戒するなんておかしな話だが、事実だった。彼はいつもジョリーに突っかかってきた。ほかの人にはわからないように、つねに妻に憤りをぶつけた。

〝彼って本当に、この世でいちばん魅力的ですね〟数日前、宿泊客のつき添いの一人がため息をついてジョリーに言った。〝あんな男性のそばにずっといることによく耐えられると思います〟

アポストリスはその夜も妻をさまざまな方法でひそかに侮辱していたが、どうやら彼女しか気づいていなかったようだった。

〝大変な試練ですわ〟ジョリーは言った。とはいえ、逆のことを言っているように見せるために謎めいた笑みを浮かべるのは忘れなかった。

なんだか不公平な気がする、と彼女は思った。互いを憎んでいるにもかかわらず――いいえ、互いを憎んでいるからこそ、私とアポストリスだけは相手の本当の姿をはっきり見ることができるなんて。

いやな記憶がさらによみがえる前に、ジョリーはホテル内のすべてのフラワーアレンジメントを見てまわった。彼女にとっていちばん好きな仕事だった。

ホテル・アンドロメダではジョリーとディオニの発

案で、それぞれの宿泊客に花の贈り物をするという習慣があった。この七年間でジョリーは島のすべての花屋と懇意になり、宿泊客の好みに合わせた花を順番に依頼していた。

スピロスは妻や娘のそういう気配りをほめたものの、本当に評価していたのは実務面に限られた。それぞれの花の香りも考え、互いを引きたてるように飾るのは、彼が考えているほど簡単な仕事ではなかった。

ジョリーは時代を感じさせる建物内を歩き、それぞれの部屋を確認した。どのスイートルームも宿泊中の家族が自由に出入りできるよう配慮して、鍵をかけていなかった。どの部屋も広く、優美で、光が差しこんでいる。結婚式の日の嵐以来この島はすっかり元気を取り戻していて、すべてが金色と青に彩られ、色鮮やかな花々がいたるところで咲き乱れていた。ホテル内は控えめな色調で統一され、風景と海の美しさを引きたてていた。

ジョリーはこの場所を、壮大で輝かしい歴史を持つホテル・アンドロメダを愛していた。ここは彼女が歩まざるをえなかった人生における、思いがけない贈り物の一つだった。

ある階のすべてのフラワーアレンジメントを見たあと、ジョリーは書斎に入り、スピロスの増築の一つである吹き抜けの天窓の真下にあるテーブルのフラワーアレンジメントを眺めた。それはずいぶん派手なものだったが、気づくと彼女の目は本がぎっしりと並べられた棚に移っていた。

この書斎はスピロスとホテル・アンドロメダに来たとき、最初にジョリーが心を引かれた部屋だった。ジュネーヴ湖とアルプス山脈が一望できるスイスのローザンヌ郊外の別荘にあった、祖父の書斎に似ていたためだろう。

その別荘も今はない。本来ならジョリーのものだったはずなのに、知らないうちに売られていたのだ。

なにが起こったか理解したとき、彼女はフィニシング・スクールをあと一年で卒業するところだった。当時は祖父の遺言を気にしたこともなく、遺産を自分のものだとも思っていなかった。それは心配する必要がなかったからだ、と今ならわかる。しかし、もはや守ってくれる人はいないと気づいたころにはすべてが手遅れだった。

その痛みが心から消えることはなかった。

ホテル・アンドロメダの書斎の座り心地のよい椅子に腰を下ろし、ジョリーはため息をついて真実を思い知ったあの恐ろしい日を思い出した。十九歳だった彼女は、自分がなにか勘違いをしているのだと思った。しかし祖父が渡してくれたクレジットカードが使えなくなり、ジョリーは叔母夫婦をさがす旅に出た。二人は教えられていた場所には住んでいなかった。

そしてスイスの別荘にたどり着いたが、建物は最後に訪れたときとは似ても似つかないありさまだった。叔母夫婦は別荘のものを少しずつ売り払っていたのだ。

〝どうして……〟玄関ホールに立ったジョリーは泣きそうになりながら言った。むき出しの壁や空っぽの部屋にショックを受けていた。

〝私には権利があるからよ〟叔母が勝ち誇ったように醜く顔をゆがめた。〝だから受け取るべきものを受け取っただけ〟

〝なにか手を打ちたいならそうすればいい〟叔父が不愉快な笑みを浮かべた。〝だが、その前にここのものは全部なくなるだろうが〟

二人の後ろの階段には、娘であるマティルドが座っていた。大きく見開かれたその目には恐怖が浮かんでいて、ジョリーの胸は締めつけられた。

〝でも……でも、こんなの間違ってる〟彼女はつぶやいた。当時はまだ名誉や真実や正義を意に介さない人間がいるのを知らなかった。

つまり、叔母と叔父は姪にとても貴重な教訓を授けてくれたわけだ。

ジョリーは無力感に打ちのめされた。叔母夫婦は彼女の家を、未来を、大切なものを残らず奪った。二人はジョリーがお金の心配をしていると思ったようだが、気にしていたのはそんなことではなかった。彼らはジョリーの思い出を捨てたのだから。

これまで撮ってきた写真。触れてはうっとりしてきた大切な品々。彼女にとっては単なる美術品ではなく、追憶にひたることのできる手がかりだった何枚もの絵画。

そのすべてが消えてしまったのだ。

〝私はどうなるの？〟ジョリーはきいた。

叔母が大笑いし、叔父がどなった。〝おまえの学校なら金持ちの男と結婚させてくれるさ。マティルドにもそのときが来たらそうしてもらう〟

いとこたちはまたもや見つめ合い、言われたことをはっきりと理解した。しかし振り返ると、あのときのジョリーは本当はなにもわかっていなかった。

〝私たちのどちらかが我慢しないとならないのよ〟叔母がまた不愉快な笑い声をたてた。〝そのうちわかるわよ、お嬢ちゃん。もう少し大人になれば〟

結婚した富豪の書斎の肘掛け椅子に座りながら、ジョリーはなんとなく悲しい気持ちになった。

十代だった彼女はもちろん誰とも結婚したくなかったし、そんなことはしないと誓っていた。

しかし、学校へ戻ったジョリーは自分の経済状況を知った。祖父によって学費は支払いずみだったが、ほかに使えるお金はなかった。ある寒い冬の日、彼女は校長にすべてを打ち明けた。年配の女性は同情した顔で話を聞き、ジョリーを鋭い目で見つめた。

〝あなたの親戚を正しいと言うつもりはありません。

この学校は政治家や篤志家といった、強い力を持つ女性たちを何人も育ててきました。ですが、本来は強い力を持つ男性を――〟

〝妻として支える女性を育てるのが目的の学校だった〟ジョリーはうつろな声で続けた。

〝ただの妻ではありません〟校長が口を開いた。〝この学校が育ててきたのは見せびらかすための妻ではなく、夫の成功を約束する妻だったのです〟

ジョリーはそれ以上なにも尋ねなかった。本当は〝もっといい方法はありませんか？〟と質問したかったけれど。

そして春がきてクラスメイトの年老いた父親が関心を向けてきたとき、ジョリーは慎重に好意を返した。おかげで経済的な安定以上のものを手に入れた。

スピロス・アドリアナキスという名前と結びついた瞬間、彼女は一躍有名になった。叔母夫婦とはしばらく連絡を取っていなかったが、新聞を見たのか二人は連絡をよこしてきた。当然といえば当然だが、彼らは盗んだ遺産を使いはたしていた。

スピロスと結婚し、ホテル・アンドロメダでさまざまな権力者を見ていたジョリーは、もはや数年前までの世間知らずの少女ではなかった。

彼女が叔母夫婦を見捨てなかったのはマティルドがいたからだった。いとこはまだ十三歳で、いい両親に恵まれたとは言えなかった。

叔母夫婦がマティルドのような美少女になにをするのかが、ジョリーは心配だった。

見て見ぬふりをしたら、私は自分を許せない。とめられるならとめなければ。絶対に。

だからできることをした。取り引きをしたのだ。

それ以来、ジョリーは代償を支払いつづけていた。

ここまでの道のりが楽ではなかったと思い返すのはいいことだと、目の前の本棚を眺めながら自分に言い聞かせた。二度目の結婚にしても、すると決めたのは私だ。いい選択肢がないのと、選択肢がないのは同じではない。

私はここまで生きてこられた。だったら、もう少しがんばれるはず。そうすればすべてが終わったとき、自分らしい人生を歩めるかもしれない。

けれどその前にフラワーアレンジメントの確認の完了と、宿泊客をもてなす準備があった。帳簿と請求書の処理も。このホテルが持つ伝説は守られなくてはいけない。しかし仕事に戻ろうとした矢先、ジョリーはなにかに気づいた。

空気が乱れたのだ。というより、神経がざわめいたと言ったほうがいいのかもしれない。

顔を上げて書斎のドア口にいるアポストリスを見ても、ジョリーは眉一つ動かさなかった。

「熱心に働いているようだな」アポストリスがいつものとがめるような口調で言った。二人きりになると、夫は愛嬌《あいきょう》のあるプレイボーイという仮面を取った。怠け者の妻は仕事をサボってここで休んでいるのだと思っている彼に、違うと言い訳することはできた。けれど、そうしたいのはアポストリスにどういう評価をされているかが気になっているからではないの？

そんなわけはない。

ジョリーは椅子の上でさらにもの憂げな顔をし、芸術的なまでにけだるい仕草で手を振った。「私は見せびらかされるためにいる妻なのよ？　なぜ働かなければならないの？」

彼女はアポストリスの官能的な唇がきつく引き結ばれ、真一文字になるのを見るのが好きだった。いつかは私も、この男性に触れても喜びを感じないほど大人になれるのかもしれない。彼に無関心になれる方法も見つけられるかもしれない。

でもそれは今日じゃない。

「僕は父とは違う」アポストリスの暗い声には怒り

がこもっていた。

近づいてくる夫を見たジョリーは、アポストリスと対決しなさいと全身が命じるのを感じた。少なくとも立って背筋を伸ばしなさいと……。じゅうぶんな身長はなくても、そうすればアポストリスの顔との距離は縮まる。

しかし、ジョリーは腰を上げなかった。

椅子の上でくつろぎつづけ、まさに彼が思っているような甘やかされたパーティガールのような印象を与えた。

「あなたは心に問題をかかえているんじゃないかしら？　それならカウンセリングを受けたほうがいいわ。ファザーコンプレックスは根が深いから」

アポストリスはなにも言わなかったが、鼻孔がわずかにふくらみ、顎に力がこもった。

「君はなにも期待されていないと思っているんだろう。これまではそうだったかもしれない。だが、僕にお荷物の妻をかかえるつもりはない。君にも働いてもらわなくては――」

「もし働かなかったらどうなるの？」ジョリーは穏やかにきいた。「まず私たちは対等な立場なのであって、あなただけが責任者ではない。それに、あなたがホテル・アンドロメダの経営についていったいなにを知っているの、アポストリス？」

「父にできることならなんでも、僕のほうがうまくできる」

アポストリスの厳しい視線にさらされていてはとてもむずかしかったけれど、彼女は無理をして笑った。「それもファザーコンプレックスの表れなのかしら」

「そんな問題はない。父は単純に年を取っていたから、細部への注意力は鈍っていたはずだ。妻である君は気づいていただろう」

今度の笑い声は驚きを隠すためだった。「私が夫について知っていることを言ったら、あなたは驚くでしょうね」アポストリスを困らせるためにでたらめを並べたというように、ジョリーは軽い口調で言った。けれど、内心ひどく動揺していた。

以前の彼女なら、アポストリスは父親についてなに一つ知らないと自信満々に断言していた。父親を訪ねることがめったになかった男性が、老いの問題なんて知っているはずがない。

ジョリーは思った。私がもしアポストリス以外の男性と結婚していたら、スピロスをかばいたいと思ったかしら？　私はスピロスに代わって弁解したいの？　それとも単純に、アポストリスにはなにも教えたくないという子供じみた願望がわきあがっているにすぎないの？

私だけが知るスピロスの秘密も含めたなにも。

「君はすばらしい才能の持ち主だから、いろいろおもしろいことを知っているのだろうな」アポストリスが思わせぶりにジョリーの体に視線をやった。「だが、そのどれもホテルの経営には役に立たないと思う」

「あなたになにがわかるの？」ジョリーはアポストリスを見つめた。そうすれば彼が不快になるのはわかっていた。アポストリスが顎を引き、奥歯を噛《か》みしめた。

それから腕を組んだ。

勝ったと思って、彼女はほほえんだ。「アポストリス、酔った勢いでホテルで放蕩《ほうとう》の限りを尽くすことと、ホテルを経営することがまったく違うのはわかるでしょう？　それに、あなたはホテル・アンドロメダのイメージにそぐわない」

「このホテルは君ではなく、僕が受け継ぐものと決まっていたんだ。忘れないでもらいたい」

「あなたは自分が受け継いで当然と思っているのね」ジョリーは言った。残念なことに声には思った以上に感情がこもっていた。どうか癇癪《かんしゃく》を起こしたとアポストリスが思いこんでくれますように、と彼女は祈った。「あなたはその権利を岩みたいに感じているんでしょう？　つねに自分とともにあり、誰にも手を出せないものだと。でもそれは違う」

アポストリスの視線は燃え広がる炎を思わせた。

「君は僕を脅しているのか？」

いいえ、愚かにもちょっと過去を思い出したにすぎない。そのときアポストリスが近づいてきたので、ジョリーは息をのんだ。彼女がなにかする前に、アポストリスは身を乗り出して椅子の両方の肘掛けをつかんだ。

ジョリーは座ったまま動けなくなった。

彼は妻に触れてはいなかった。夫にそうするつもりはないだろう。

なのに、彼女の体は触れられているようにアポストリスを意識していた。まるで彼の腕の中に閉じこめられているみたいな感覚に襲われる。そして、大切にされているという錯覚にもとらわれた。

この腕は私を閉じこめているわけじゃない。守っているのだという錯覚に。

身を乗り出しているせいで、アポストリスの顔はジョリーの顔に近づきすぎていた。

意思に反して、結婚式の最後の瞬間が耐えられないほど鮮明に脳裏によみがえった。

〝花嫁にキスを〟司祭が言った。

恐怖と嫌悪の表情を浮かべながら、ジョリーとアポストリスは互いをにらみつけた。

けれど臆病者ではなかったジョリーは、一歩前に出て顔を上に向け、アポストリスを挑発した。彼はその挑発に即座にのり、花嫁の背中に手をあてた。

あのときはすごく不快だった、とジョリーは思い返した。

アポストリスは目を閉じなかったし、ジョリーも同様だった。唇が重なったときも二人はにらみ合っていた。

ジョリーはその記憶をすぐに追い払った。なぜなら、アポストリスがすぐそばにいたからだ。その顔は天使のように整っていたが、熱いまなざしには嫌悪がにじんでいた。

彼の視線も、唇の感触も忘れてはいない。それに唇が触れ合った直後、私の体を駆けめぐったなにかのことも。

書斎の椅子に座っている今も、ジョリーは同じものを感じていた。

「なぜ私が脅していると思ったの?」彼女は冷静にきいた。「脅威を感じたの、アポストリス?」

「なにを脅威と取るかによるな。約束や提案もそう解釈される場合がある」

ジョリーは顎を上げた。「あなたが哲学者だったとは知らなかったわ」

「それなら、君は複数の夫を持つ才能の持ち主だな」アポストリスがジョリーをたしなめるように無愛想に言い返した。「とはいえ、君と父は僕との間にはない親密な関係を楽しんでいたが」

侮辱されて憤りと羞恥が彼女の胸にこみあげた。

「ベッドの話をしたいの? あなたの放蕩癖はすっかりおさまったのかと思っていたわ。タブロイド紙が知ったらなんて言うかしら?」

「僕が放蕩者かどうかを知りたいなら、ベッドで確かめさせるしかないだろうね」彼があまりにもさらりと言ってのけた。

〝娼婦《しょうふ》〟という言葉でこの人は私を傷つけたかったのだと気づいて、ジョリーは大きく深呼吸をした。胸の痛みはあまりに強烈で、意外に思った。的はずれにもほどがある言葉に、怒りがこみあげる。

「あなたの敵意がどこからきているのか、私は理解しているの」自分もできる限り言葉でアポストリスを攻撃しようとした。「あなたの魅力に抵抗できる私に、とても困惑しているのよね？」

「いとしい妻よ、抵抗と無関心は違うんだ」声はひどくやさしかった。「君は僕にいろいろ言うが、それは無関心だからなのか？　僕は違うと思う」

「そんなふうに言われると、あなたが私に恋をしているんじゃないかと勘違いしそう」ジョリーの口調は軽いが、相手を傷つけんばかりに鋭かった。

その言葉がアポストリスの胸に刺さったのがわかった。

「確かめてみようか？」彼が尋ねた。

たとえアポストリスがなにを言っているのか理解していても、ジョリーは引きさがりはしなかっただろう。どんな挑発をされたか気づいていても。

けれど、彼女はなにも理解していなかった。

夫がいっそう身を乗り出して顔を近づけてきたとき、ジョリーはまったく心の準備ができていなかった。全身が熱くなるのもとめられなかった。

頭の中でアポストリスと彼の父親の記憶が混同したことはなかった。理由はいろいろある。でも、絶対にアポストリスに打ち明けるつもりはない。

しかしもし混同したことがあっても、このあとの出来事で脳裏からスピロスの記憶は吹き飛んだはずだ。

アポストリスの両手は椅子の肘掛けに置かれたままだった。ジョリーに触れたのは唇だけ——いや、舌も触れた。

じゅうぶんだった。

彼にとって唇が唇をかすめるだけではキスとは言えないらしい。

司祭の前でしたことと、このすべてを焼きつくすような行為が同じ名前で呼ばれるとはなにかの冗談なのかしら、とジョリーは思った。

アポストリスの舌が口の中をさぐり、ジョリーは経験のない強烈な感覚に襲われた。彼が顔の角度を変えると、すでに座っていなければその場で尻もちをついてしまいそうになった。

アポストリスはジョリーのすべてを熱く燃えあがらせ、五感を刺激していた。最悪だ。

いいえ、それ以上だ。

頭がぼうっとして、彼を押しのける気になれないのだから。

キス以上のキスはいつまでも続いた。

それは五感にとってのごちそうで、ジョリーは意思に反して体が反応しているのに気づいた。ただ従うしかなく、できる限り受けとめた。

二人はダンスを踊るように呼吸を合わせて舌をからませた。その姿は互いが互いを生きたまま焼きつくそうとしている、と言ってもおかしくないほどだった。

やめなさい、と彼女の中でなにかがささやいた。

アポストリスへの欲望はまばゆくあからさまだった。あまりにも大きく、存在感がありすぎた。

求めても意味がないのに。

ジョリーは顔を引いた。それができた自分に勝利感を覚える。しかしその瞬間まで、司祭の前でのように目を開けていることなど考えもしていなかったのに気づいた。

ジョリーはアポストリスに視線を向けた。

彼の表情は直視できないほど真剣だった。

そして彼女の体の中の情熱をかきたてた。

こんなことをするのはこれきりにしなくては。ジョリーは決心した。私は我を忘れてしまったけれど、アポストリスに勝ちたいなら、二度と彼にキスをしてはいけない。

アポストリスは私が知らなかった武器を持っていた。けれど、今はそのことがわかっている。

でも、まずはここで優位に立たなくては。

ジョリーは身を乗り出し、アポストリスの顎に手を添えると、心をこめてほほえみかけた。

「ねえ、ダーリン」声は静かでやさしく、目は夫の顔から動かなかった。「さっきのキスはあなたにとって脅威だった？」

その瞬間アポストリスの顔がこわばり、ジョリーは自分の作戦が成功したのを知った。腹を蹴られたかのように彼が体を起こし、後ずさりをする。

そしてアポストリスはジョリーに純粋な嫌悪の視線を向け、背を向けて部屋から立ち去った。そのときも彼女はほほえみつづけていた。

一人になると、ようやく震える手で顔をおおい、どうにかして冷静になろうと精いっぱいの努力をした。

4

その後の数週間で、アポストリスは自分が呪われた人生を送る呪われた男であると悟った。彼は人生の大半を、自分の身に起こった悲劇と折り合いをつけて生きてきた。

それなら、なぜ結婚が悲劇以外のものになると思っていたのか？

〝おまえの結婚は僕の耳にまで届くほどのスキャンダルになっているぞ〟ある日の電話で友人のアルセウが言った。

〝僕はいつでもスキャンダルの渦中にいる〟アポストリスはうつろな声で応じた。〝その程度がひどくなっただけだ。たぶん、これからもずっとそうなんだろう。どこからどこまでがスキャンダルなのか、もうわからないね〟

〝おまえがその渦中から抜け出さない限りはな〟アルセウが低い声で言った。〝だが友よ、父親の妻だった女性を妻にした男に望みはないと思う〟

〝では、僕にほかの選択肢があったと？〟

友人のため息が聞こえた。〝いや、一つもなかった〟

しかしその会話のおかげでどういうわけか、アポストリスは気持ちが楽になった。

彼はオフィスの窓に近づいた。この部屋はホテル・アンドロメダと同じくらい古い馬車小屋の下の階にあった。聞くところによると、小屋はホテルより前に建てられたらしい。ホテルの敷地は崖に沿って広がっており、本館のほかにも建物が複数立っていた。倉庫、ガレージ、厩舎《きゆうしや》などだ。馬車小屋もその一つで、ここにはオフィスだけでなく、十歳から使っているアポストリスの私室もあった。そして厳密に言えばホテルの脇に位置するが、〝裏の家〟と呼ばれている建物のことも忘れてはいけない。彼が小さいころに住んでいたその家には、妹のディオニがまだ住んでいた。生前の父親がジョリーと暮らしていた場所でもあった。

時間がたつにつれ、アポストリスはジョリーが父親の妻だったという事実を悲観的に考えるようになっていた。その現実を受け入れるのはむずかしかった。

口の中にはまだジョリーの味が残っていた。眠れば彼女が夢に出てきた。

今までにない事態に、彼はうんざりしていた。

夢の中の二人はキスだけでは終わらなかった。アポストリスはジョリーを抱きあげ、床に下ろすと、彼女が身にまとっていた上品な服をはぎ取った。一糸まとわぬ姿のジョリーは、服を着ている彼女とは比べものにならない魅力があった。

それからアポストリスはジョリーの体を隅々まで味わい、腿の間に深く身を沈めて彼女をあえがせ、身もだえさせた。

夢はそれだけにとどまらなかった。

毎夜、アポストリスはさまざまな方法で熱い欲望を解消する夢を見た。ジョリーが相手だと彼の想像力は節度も遠慮もなかった。

これではまるで彼女を憎んでいるのではなく、望んでいるみたいではないか。

いや、そんなはずはない。

そのせいで彼は、明るい間にジョリーと接するのに苦労していた。

いつものように辛辣な言葉を投げかけられても、アポストリスの頭の中から妻と深くつながった情熱的な夢が消えることはなかった。背を弓なりにして胸をアポストリスの口に押しつける姿や、彼の上で頭を後ろに倒し、腰を激しく揺らす姿も。

〝私の話を聞いているの？〟今朝、ジョリーは少し鋭い口調で尋ねた。

しかし、アポストリスは彼女の見開かれた目を観察していた。ひょっとして、妻には僕の頭の中が見えているのだろうか？

〝いや、聞いていなかった〟緊迫した沈黙のあと、彼は答えた。〝僕を侮辱している間は耳を貸す気はない。つまり、愛する妻よ、僕たちは完璧な静寂が支配する場所で暮らしているわけだ。波と風の音だけを聞きながらね〟

そう返事をした自分を、彼は誇りに思った。

ジョリーは激昂《げっこう》しているようだったが、なにも言わずに立ち去った。

妻がいなくなっていなければどうなっていただろうとアポストリスが想像していると、オフィスのドアがノックされた。振り返ってジョリーかもしれないと思うと、心臓がわずかにはねた。

しかし、すぐに考えを改めた。ホテルの共同所有者であるジョリーが、ドアをノックすることはめったになかった。それに、彼女が来るのを楽しみにしているような反応をするべきではない。

現れたのはディオニだった。アポストリスは妹に心からほほえみかけた。「ノックはいらないよ、ディオニ。ここはおまえと僕の家なんだから」

ディオニが部屋に入ってくると、彼はその姿にいつもと同じ愛情と困惑を感じた。きょうだいの母親はすばらしい人だった。非の打ちどころのないセンスと完璧なスタイルの持ち主で、その二つをほめなかった人には会った覚えがなかった。

ディオニはそんな母親の娘だった。アドリアナキス家の宝石であるべき妹は、まるで森の動物のようにちょこまかと動いて部屋を見てまわっていた。

「まあ、すてきな言葉ね。でも、私の家ではないでしょう?」ほかの誰かがそう言ったなら、不満に聞こえただろう。しかし、ディオニは不満を口にしたことがなかった。なぜなら、そうするには純粋無垢《むく》すぎる女性だからだ。「ここは兄さんの家だわ。それとジョリーの。パパは私になにも遺《のこ》してくれなかった」

「いや、おまえには僕がついている」自分の言葉に驚きつつ、アポストリスは訂正した。「父さんがしていたように、僕もおまえにはなんの不自由もさせないつもりだ」

ディオニがデスクの前にある椅子に座った。彼は妹を見つめ、そうするのが久しぶりなのに気づいた。前回、目を向けたのは何週間も前の結婚式の日だった。今のディオニは――。

なにかが違う、とアポストリスは思った。理由をさがすには時間がかかった。妹のまとめた髪は崩れかかってはいなかった。着ている服にもしみやほつれはない。

アポストリスは顔をしかめた。「おまえ、大丈夫なのか？」

ディオニはたじろいだものの、次の瞬間その反応を隠した。だが妹は隠しごとをしたことがなかったので、彼は自分の勘違いだろうと思い直した。

彼女が顔をしかめた。「私が変だって言いたいの？　どういう意味で質問したの？」

ほかの人がいくら妹の外見を話題にしようと、兄としてアポストリスはなにも言うまいと決めていた。助けようとするたびに失敗していたからだ。

それにディオニがどんな姿でも、つねに魅力的だと思っていた。

「変かどうかはおまえが決めることだ」すると、妹がまたいつもと違うことをした。いらだたしげな表情を浮かべてから真顔になったのだ。

「私、自分がなにをしたいのかやっとわかったの」

ディオニが言った。妹らしくない口調だと思ったが、アポストリスはなにも言わなかった。「アメリカで暮らそうと考えているのよ」

「アメリカで？」ディオニがいやがる気がして、彼は笑わなかった。「アメリカは広いんだよ、ディオニ。あの国のどこで暮らすんだ？」

「もう決めたことなの」彼女がさっき以上のしかめっ面になった。「だから、兄さんの許可が欲しくて」

僕は予想していたよりも悪い兄だったのかもしれない、とアポストリスは気づいた。その瞬間頭の中には、これでジョリーと二人きりの時間が増えるという思いしかなかった。

ようやく自分の気持ちがわかった気分だった。僕はずっとジョリーと二人きりになりたかったのだと理解したとき、アポストリスはまばゆい閃光《せんこう》に眉間を貫かれたかと思った。彼とジョリーは公の場でそれぞれの役割を果たしながらも、別々の部屋で暮らすという結婚生活を送っていた。そうしていれば、兄と継母の結婚は形式だけだとディオニが安心していられると考えていた。純粋無垢な妹は幸せな夫婦に見せかけるために同じベッドを使う必要はないと思っていた。

しかし、アポストリスは自身を〝幸せ〟とは思っていなかった。

彼はジョリーと二人きりになれるのを待っていた。継母だった女性相手にそう願うのは不謹慎なのかもしれない。だが降ってわいた思いつきではなく、もっと早く気づいておくべきだったという気がしても、細かく分析はしなかった。それでもこのチャンスを逃すつもりはなかった。ジョリーとの闘いに決定的な勝利をおさめられる武器を、僕はついに手に入れたのだ。

アポストリスは目の前にいる妹に意識を集中させた。「おまえには好きなところに好きなだけ行って、好きなことをする権利がある」いつものディオニならにっこりして、アメリカでなにをするつもりなのか楽しそうにしゃべり出しただろう。だが今日のディオニはしかめっ面で兄を見つめるばかりだった。アポストリスは不安になりかかった自分をたしなめた。相手はディオニなのだから。「アメリカへ行きたいのなら行くといい。僕はニューヨークとマイアミとロサンゼルスに家を持っている。ハワイにもだ」

妹が目をしばたたいた。「そうなの？」

「内緒だよ」彼はほほえんだ。「僕のイメージがだいなしになるからね。世間は僕を父親とは似ても似つかないろくでなしと思っているが、実は不動産という資産をちゃんと持っているんだ」

もしディオニが兄の本当の時間の使い方を知ったら、あるいはアルセウが兄の仕事のパートナーだと知ったら、どんな反応をするだろうか？

「忘れないでくれ、ディオニ。誰にも内緒だぞ」

「私、ニューヨークに行きたい」しばらくしてディオニが言った。「ビーチはもうたくさん。どこを向いてもコンクリートの建物と都会の喧噪《けんそう》があるところがいいわ」

アポストリスは思った。マンハッタンのウエストヴィレッジにある庭つきのブラウンストーンのアパートメントは、街のほかの場所よりも静かだ。しかし、そのことはディオニが行ってから気づけばいい。

「本気なのか？」妹がうなずくと、彼は続けた。「では、おまえの決意を聞かせてくれ。そうしたら――」

「変わる準備ならできているわ。今すぐにでも」

ディオニがなにかを強く主張するのはとてもめずらしかった。彼はショックに近いものを感じながら妹を見つめ返した。「わかった。おまえがそうしたいなら、今夜出発してもいい」

「すてき」ディオニはすぐに言ったものの、普段の陽気な声ではなかった。今にも壊れそうな雰囲気の妹が、アポストリスは気になった。

だがディオニが話したくないのなら、無理強いはできない。彼は長年にわたる自身の経験から、住む場所を変えれば気持ちが楽になる場合があるのを知っていた。

妹も自力で理解するはずだ。

それからはなにもかもがあっという間だった。アポストリスは電話をかけて、プライベートジェットを準備させた。妹は荷造りをするために裏の家へ戻った。いや、ひょっとしたらすでに荷造りは終わっているのかもしれない。

ディオニがアメリカ行きの話をしに来てからわずか数時間後、アポストリスとジョリーは島の反対側の滑走路で一緒に別れを告げた。

「寂しくなるよ」妹に抱きしめられた彼は気持ちを

こめて言った。

「じゃあ、寂しがってちょうだい」ディオニがほほえんだ。「でもお願いだから、スパイみたいなまねはしないでね」

「そんなことをしようとは夢にも思っていない」アポストリスは嘘《うそ》をついた。だが、彼女につけるボディガードの数は減らそうと心に決めた。

ディオニとジョリーが抱き合うのを見た彼は、新しい生活を始めるだけなのにずいぶん長々と熱心に別れを惜しむものだと思った。妹の年齢で決断をするには遅いくらいだ。たいていの人は大学に入る前や二十代前半といった、もっと若いころにそういうことをする。

しかし、アポストリスは本当にひどい兄だった。頭にはホテルと、そこに滞在する宿泊客のことしかなかったからだ。それと自分とジョリーのことしか。スタッフの宿舎は崖の下にあり、彼らは非番のときはホテルから離れて休んでいた。

だが、家族という役割に休みはない。そして、妻はもはや裏の家に隠れてはいられない。

期待が少しつのりすぎていたのだろう、アポストリスがレンジローバーのエンジンをかけ、ホテル・アンドロメダへ向かうために海岸沿いの曲がりくねった道路を走り出したとき、ジョリーが不審そうな顔を彼に向けた。

なぜなら車はスピードを出しすぎていたからだ。

「知らなかったわ、ディオニがあんなに……」ジョリーが口を開いた。

「独立心旺盛だったとは？　秘密主義だったとは？　それとも、おかしな考えの持ち主だったとはと言いたいのかな？」

「孤独だったとは」彼女が責めるような声で答えた。

しかし彼は気づいた。ジョリーについていくら反感を持っていても、彼女と妹との友情は本物だと認めざるをえない。ジョリーはディオニには徹底的に欠けている自然な優雅さの持ち主なのに。

ほかの人々たちはディオニに残酷だった。ジョリーには多くの欠点があるが、ディオニにはいつもやさしいことに、アポストリスは島で生活を始めてから知った。

もしかして妻には僕の知らない一面があるのだろうか？

しかし、彼はその疑問を脇に追いやった。

ジョリーは助手席に座っていたので、車の大きさを計算してもアポストリスから離れられる距離は限られていた。それでも彼女を見ていると、どういうわけか二人の間には流氷が一つ二つあるかのような錯覚に陥った。

とはいえ、もはやジョリーが僕と距離を置くことはできなくなる。そう思うと彼は大きな満足感を覚えた。

「変わるのはいいことだ」妻の氷をとかすさまざまな方法を思い浮かべながら、アポストリスは言った。「僕にも激動の数年間があった。ディオニもこの島で悩むのをやめて自分が何者なのか、どういう人間になりたいかを決断するときがきたんだろう」

「あなたにはできたの？」窓の外を見たまま、ジョリーが穏やかすぎる口調できいた。「悩みは解消できた？　それともいたずらに走りまわっただけで、結局は無駄骨に終わったと思っている？」

普段のアポストリスならすぐに言い返しただろう。だが彼は毎夜、夢を見ていた。現実にはジョリーに触れていないのに、夢の中では彼女を手に入れていた。書斎でのキスも忘れられなかった。

結婚前からジョリーの夢なら見ていた。だが、二人の間にあるすべては変わろうとしている。

それにジョリーは一見氷のような女性だが、実は僕が全力で守ってきた妹を気にかけてくれていた。

おかげでアポストリスは素直に答えていた。「自分が父に劣る人間だと思ったことはない。僕の人生にとって意味のない男だったからね」

「スピロスの逸話の恩恵はなかったというの？」ジョリーが小さな声できいた。

「僕にはあまり価値がないものだ。ほかの人と同じで、雑誌で読んだことはある。有名な男たちの秘密のライフスタイルや好きな場所について書かれた、追従記事をね。だから伝説については知っている」アポストリスは肩をすくめた。「だが、僕には幼いころの記憶がある。母は父に尽くしたあげくに亡くなったが、男やもめになる前もなったあとも父は女性を追いかけつづけ、セレブたちの注目を集めるのに忙しくて子供を顧みなかった。しかし僕も家族の資産は大切に思っている。それを引き継ぐのは母の望みだった。だからホテルとその伝説は重要だ。父の個人的な逸話はどうでもいいが」

そのとき彼は、ジョリーがこちらを向いたのを感じて喜びを覚えた。目を合わせずにいれば、彼女は自分の魅力が通用しないことにとまどうはずだ。

ところが気づくと、アポストリスはジョリーの地中海を思わせる青い瞳にちらちらと目をやっていた。

「私は二歳のとき、両親を亡くしたの」白い壁と青い鎧戸《よろいど》が特徴的な村を通り過ぎたあと、彼女が口を開いた。「両親の記憶はあまりないから、悲しかったとは言えない。でも親がいながらいないも同然なのは、ある意味、本当にいないよりもつらいことなのかもしれないわね。私は両親を、祖父母の話でしか知らない。だから父と母の欠点も失敗もわからないの。親と自分を比べて親のどこが足りないのか、自分のどこが足りないのかと考えたこともない。でもあなたをうらやましいとは思わないわ、アポストリス。あなたにとってスピロスは重荷だったに違いないもの」

アポストリスはホテルの敷地内に入り、車を馬車小屋の前でとめた。自分が重苦しさを感じているのはジョリーの言葉が理由なのか、それとも彼女が示した嘆きのまじった思いやりが理由なのかは判断がつかなかった。

だがジョリーはこちらを見ようとせず、アポストリスは複雑な気持ちになった。彼女はぼんやりと海に目を向けていた。

彼は手を伸ばしてジョリーの顎をなぞりたいという奇妙な衝動に駆られた。そこに力が入っている気がしたからだが、寸前で思いとどまる。彼女がどういう駆け引きをするつもりかは知らないが、引っかかるのは愚かだ。

そのときジョリーが振り向き、アポストリスはありえたかもしれない選択肢を頭に思い浮かべた。

もし七年前、父親の腕に腕をからめていない彼女と出会っていたら……。

突然、彼は骨にまで響く衝撃に襲われた。

ジョリーの表情からはなにも読み取れなかったが、なんとなくそこに悲しみを見た気がした。あるいはもっとやさしい感情を。だがなんであれ、今の二人の間にはありえないものだった。

二人の闘いに感傷はふさわしくなかった。

彼女も同じことを自分に言い聞かせていたに違いない。口を開き、奇妙な沈黙を破った。「私たち、急いだほうがいいわ」きびきびした声はさっきまでとはまるで異なっていた。

「急ぐ？」虚をつかれ、アポストリスはきき返した。

楽しい感覚ではなかった。彼はそんな気持ちになったのはジョリーのせいだと考えた。彼女にはいちばんすばらしい方法で償ってもらわなければ。

「もうすぐテラスでカクテルを飲む時間でしょう。たいていのお客さまはそうしたがるわ」ジョリーの声は鋭かった。「ホテル・アンドロメダの経営者が決して忘れてはいけないことよ、アポストリス。これもあなたの骨に刻まれ、呼吸と同じくらい無意識にできなければいけない、たくさんの小さな約束事の一つなの。前のお客さまとつき添いの人たちは私たちと時間を過ごしたがらなかったけれど、そのほうがめずらしいわ。あなたは毎日決められた予定に従わなければならないとしても、お客さまには予定だと感じさせないようにしなければならない。私たちは彼らの存在をただ喜び、星空の下、おいしいお酒ですばらしい出会いに乾杯するのよ」

その瞬間、アポストリスの中でなにかが動いた。皮肉な笑いの衝動か？　それとも叫びの衝動か？

「君がつねに演技をしていることに驚く自分が情けないよ」声は低く切迫していて不安になったが、叫ぶよりはましだった。だが、なぜジョリーはあんな表情をしている？

「私を侮辱しているのね」彼女は目を見開き、悲しげな顔をしていた。「でも、私はそう取らないわ。それどころか、最高の褒め言葉だと思っている。スピロスは私に、ここの象徴になってほしいと言った。神秘的だけれどみんなの親友みたいな存在に。私はその役割に誇りを持っているの」

いつもと同じく、ジョリーはアポストリスの返事を待たなかった。ドアを開け、話は終わりだというようにレンジローバーから降りた。あるいは、彼と一緒にいたくないというように。

無意識に同じことをした自分に、アポストリスはすぐさま言い訳した。僕はただ車を降りただけだ。

そして私道にいるジョリーに近づいた。彼女は海を背にし、丘の上のオリーブの木々とさらにその奥に立つホテル・アンドロメダを静かに眺めていた。

ジョリーに触れて状況を複雑にしたくなかったものの、アポストリスはそうした。彼女の手首を取った自分の手を見つめる。しばらくたってからジョリーの顔に視線をやると、彼女はこちらを見ていた。

そこにはまたしても、名づけることのできない感情が浮かんでいた。

「気をつけて」ジョリーが小さな声で言った。「誰もいないように思えても、誰かがいるものなのよ。あなたのお父さんが私に最初に教えてくれたことだわ」

「父が自分の知恵を君に伝えていてうれしい、と言うべきなんだろうな」アポストリスは奥歯を噛《か》みしめながら応じた。

彼女の顔にほほえみとは言いがたいものが現れた。

「〝自分が父に劣る人間だと思ったことはない〟と言う男性が口にしそうなことね。太陽になろうとどんなにがんばっても、日食のときの月にくらいしかなれないのに」

腹をナイフで刺されたかと思った。

よかったじゃないか、とアポストリスは自分に言い聞かせた。またもとの関係に戻ったのだから。

「車の中での君は君らしくなかった」彼はジョリーを見つめたまま口を開いた。「君に弱い一面を見せたり、礼儀正しい会話ができたりするとはね。まったく意外だったよ」

ジョリーがアポストリスの手を振りほどいた。その気になれば彼が手を離さずにいられたのは、二人とも承知していた。触れられていた感覚を消そうと手首に手をやる彼女を見て、アポストリスは無性にうれしくなった。

僕は自分の手の感触を妻に刻みつけたかったのだろうか？

「ディオニは私の親友よ」ジョリーが静かな威厳を持って言ったが、あれは僕をつまらない人間だと思わせるために違いないとアポストリスは考えた。

「彼女がいなくなって寂しいわ。私が来たときからずっとここにいた人だし。心に穴があいたみたいな気分よ」

「すぐにそんな気分ではなくなる」これから言うことはジョリーにとってつらい内容になるだろう。アポストリスは攻撃を控えたのではなく、より効果的な攻撃をしていた。彼女が衝撃を受けるように。たしかに、ジョリーの気分をよくさせるつもりはなかった。

彼女がかすかに眉根を寄せた。「どうして？」

「いとしい妻よ」彼は心の奥底にある満足感を噛みしめた。「君の荷物をすべて馬車小屋に移した。すばらしいだろう？　僕たちはついに夫婦として一緒に暮らすんだ」

そしてジョリーを残して私道から立ち去り、ホテルの主人としての役割を果たしに行った。

ジョリーはアポストリスが役割を果たすかどうかでホテルの存続は決まると、そこにどういう子供時代を過ごしたかは関係ないと言ったも同然だった。彼は父親の跡を継いで伝説を築きあげていけばいいのだと。

誰が口にしたかは気にせず、いいアドバイスだと思えば受け入れる。僕はそういう男のはずだ。なぜならそうすることに誇りを持っているのだから。

アポストリスが島にいるのは、母親が命を捧《ささ》げたホテル・アンドロメダを父親亡きあとも続けていくためだった。ホテルの伝説はスピロスが完全に忘れ去られたのちも語り継がれていく。それこそがナルシストだった父親にふさわしい結末だ。

その日の夜、かつては拒んでいたホテルの主人という役割をこなしながら、アポストリスは妻との闘いにも勝つつもりでいた。

絶対に。

5

アポストリスは冗談を言っただけなのかもしれない。ジョリーはカクテルパーティが始まるまでの時間を利用し、自分の目で裏の家まで確かめに行った。

いくら彼でもそこまで強引なまねはしないだろう。しかし、アポストリスは嘘《うそ》をついていなかった。

ジョリーが七年間暮らし、仕事をしてきた裏の家は、今はホテルのほかの場所と同じに見えた。静かなたたずまいと、島とホテルの最高の評判にふさわしい豪華な内装はそのままだったが、彼女の個人的な品々は一つもなかった。

心臓が激しく暴れ出し、肋骨《ろっこつ》にひびが入ったかと思った。

裏の家を出て足早に馬車小屋へ向かう間、ジョリーの中では恐怖がつのっていた。だから下腹部がうずき、震えているのだ。

彼女はいつもその建物にはアドリアナキス家の人々の——特にアポストリスの悪行がつまっていると思っていた。そこには現在彼と共同で使っているオフィスがあり、数年前から巨大な黒いデスクが置かれていた。父親が亡くなるまでホテルに近よらなかった男性が要求したものと考えると奇妙だった。

アポストリスはジョリーが携帯電話を持っていないと思っているのか、彼女がオフィスに顔を出すのはネットサーフィンをするためだと誤解していた。

本当はなにをしているのか言うくらいなら、死んだほうがましだけれど。

馬車小屋は玄関ホールからほかとは違っていた。壁にはモノクロ写真が何枚も額に入れられて飾られている。撮ったのはここに滞在した世界的に有名な写真家だ。スピロスは宿泊料代わりに撮ってもらったのだと人には語ったが、ジョリーは帳簿を見なくても彼の話が嘘なのがわかった。

スピロスはいい話が大好きだった。しかし、それ以上に大好きなのがお金だった。

今も心臓が胸の中で暴れていたものの、ジョリーは中へ入った。そして自分に厳しく言い聞かせた。過剰に反応してはだめよ。家が私に闘いを挑んでいるわけじゃないんだから。「ただの家だわ」彼女は顔をしかめて声を出した。

たしかにそのとおりだった。ホテルの仕事をしているときはそう思っていられた。しかし、今はアポストリスの自宅にしか見えない。今夜私がここに来るのは、彼が私の荷物を運びこんだせいだ。

夫と一緒に生活させるために。

廊下を歩いてオフィスに行く代わりに、ジョリーは反対側を向いた。そうするのは苦痛だった。

居心地のよい一階はずっと前に光を取り入れるために改築が行われ、開放的な空間となっていた。今はキッチンやダイニングエリア、そして専用の中庭《パティオ》に出られる居間がある。窓の外から自分を見張っているような海や、いつもこちらに偏見の目を向けているような現代絵画を意識しながら、ジョリーは部屋から部屋へ歩いていった。

「カンバスに三回色をぬっただけの絵になにもわかるわけないでしょう」螺旋《らせん》階段に向かう途中、特に抽象的な絵画の横を通り過ぎながらつぶやく。

階段を駆けあがる足音も、脈拍に比べればまだ遅すぎた。二階には低い革張りのソファがあり、窓の外には海が広がり、壁のへこんだ場所には彫刻が飾られていた。

しかし、目的は寝室の荷物の確認だった。心臓は変わらず暴れていたけれど、口からは忍び笑いがもれていた。自分の反応に驚き、ジョリーは立ちどまった。

学校時代、門限の時間が過ぎてから友人と部屋をこっそり抜け出したことを思い出した。あのときも心臓は激しく打っていた。

ここにいるといけないことをしている気分になった。一度も来たことがないなら、そう感じても無理はない。「集中して」ジョリーは自分に命じ、彫刻が飾られた部屋を出て廊下を歩き、途中のドアを開けながら進んでいった。

一つは明らかに客用寝室だった。アポストリスがここに友人を招待したことはないから、何年も使われていないのだろう。次の部屋は必要なら客用寝室にできそうだったが、現在は書斎として使われているらしく、四方の壁には本が整然と並んでいた。

アポストリスは読書家なのかしら？　それともホテルの書斎に置ききれなかったの？　ジョリーはどちらの答えがいいのかわからなかった。どちらの答えなら気分がよくなるのかも。

もしかしたら、どういう気持ちなのかわからなかったのかもしれない。

ディオニも同じだったのかもしれない。ここ数週間、彼女はようすが変で、原因は自分が兄と結婚したせいだろうかとジョリーは考えていた。ジョリーが父親と結婚したときは気にしなくても、ずっと尊敬していたアポストリスのときは最初は祝福していても違うと思ったのかもしれない。父親との結婚はジョリーにとって悲劇だと、ディオニはとらえていた。それでも、親友がいつもそばにいることは歓迎してくれていた。

でも、ディオニは嘘つきじゃない。それに、兄の結婚についても肯定的なことしか言わなかった。

〝もしかしたら、兄とあなたはお互いに必要なものを見つけられるかもしれないわ〟滑走路にいたとき、ディオニは熱っぽくそうささやいた。

その声はとても希望に満ちていて、ジョリーはアポストリスが少なくとも自分に対してはいい人じゃないと伝える勇気が出なかった。

妹にはいい人でも。

帰りの車の中で、ジョリーは知り合って初めてディオニが自分に秘密にしていたことがあるのに気づいた。たとえばなぜ突然、アメリカで一人暮らしがしたいと言い出したのか？ それまでそんな挑戦をしようなんて一度も口にしなかったのに。

すごいと思うべきだった。いつもディオニには、外の世界へ行って彼女らしい生き方をさがしたほうがいいと言っていたのだから。

それでも、二度目の結婚をしなくてはならなくなった自分を置き去りにしてほしくはなかった。

ジョリーは親友がいなくなってとても寂しかった。今も寂しくてたまらない。

そのせいで彼女は夫に話すべきでないことを話してしまった。そんな自身が許せなかった。

ジョリーは廊下でため息をついた。必要なのは冷静さであって、ここに火をつけてまわることじゃない。私はこのすてきな牢獄《ろうごく》ですでに七年を過ごしているのだ。あと五年がなんだというの？

廊下の突きあたりにある大きなドアを息をつめて開けながら、そう自分に言い聞かせた。

そこは明らかに主寝室だった。つまりアポストリスの寝室だ。

彼女はびくびくしつつ足を踏み入れた。ばかみたいだけれど、ひょっとしたら警報が鳴るのを期待していたのかもしれない。この家も、ホテルの敷地内にあるほかの建物すべても、防犯装置の場所なら知っているのに。

視線がベッド脇のテーブルにそそがれた。そこにはさまざまなものが注意深く積み重ねられていた。まさに裏の家の自分の部屋を再現したようで、ジョリーは涙がこぼれそうになり、息が苦しくなるのを感じた。

いいえ、だめよ、と自分に言い聞かせる。

くるりと向きを変えると、階下と同じ間取りの開放的な空間が目に入った。ジョリーは巨大な衣装室へ行き、中に自分の服が一枚残らずあるのを見つけた。ただそこに吊《つ》るされているだけなのに、アポストリスの服がそばにあるせいでどきどきした。

まるで二人の服のほうが本物の結婚をしている気がしたのだ。

ジョリーは体を支えるために、近くの壁に手をついた。襲いかかってきた怒りの波を冷静になって押し戻したかった。これは絶対に癇癪《かんしゃく》に決まっている……体は熱をおびているけれど。

熱はいっこうにおさまらなかった。

彼女は目に手をあてた。アポストリスは本気で私の荷物をここに運びこめばそれですむと思っているのかしら？　二人がベッドをともにするかどうかを決めるのは彼だと？

いつ私たちがそんなことを話し合った？　一度もない。

夫と体を重ねるなんてお断りだ。

アポストリスは正気じゃない。だから私は体の中になにかが押しよせてきて、下腹部へまっすぐ集中しているような感覚に襲われているのだ。怒ったときやインフルエンザにかかったときみたいに不快で熱い感覚に。

ジョリーはどうにか大きく息を吸って吐いた。壁から離れると、主寝室の横にある浴室へ入り、鏡を見て冷静な表情を取り戻そうとする。

心理戦ができるのは彼だけじゃない。

ホテルのフロントに寄ってから、ジョリーはテラスへ出た。数週間滞在予定の家族はすでにそこにいた。大人たちは飲み物を楽しみ、小声で楽しそうに話しながらはるか下に広がる海を眺め、すばらしいと評判の地中海に沈む夕日を待っていた。

ジョリーはすぐさまアポストリスを見つけた。彼女の中の混乱と怒りが一点に集まる。

その勢いはすさまじかった。

ほほえみを浮かべたジョリーは、すれ違う宿泊客に挨拶をしつつ夫のところに行って、いかにも親密そうに腕をからめた。どうすれば二人に深い肉体的なつながりがあるように見えるか、彼女はよく知っていた。頭を傾けてアポストリスを見つめ、うっとりとした笑みを向ける。妻を見つめ返す彼の目は炎を思わせた。

だが同時に、用心深く警戒してもいた。

よかった、とジョリーは思った。

「遅くなってごめんなさい」彼女は全員に届く声で言った。宿泊客にも聞こえたことに驚いたふりをし、はにかんだ笑顔になる。「言い訳をするなら、また新婚時代に戻ったのが理由なんでしょうね。こんなことになるなんて思ってもみませんでした」

まるでなにかのスイッチを押したみたいに、全員がにっこりした。そしてジョリーがテラスにやってきたときとは違い、おのおのが好きなことをしはじめた。多くの憶測が飛び交い、ささやかれた。中には眉をひそめる人もいた。

くつろいだ雰囲気はずっと続いた。

翌日、ジョリーとアポストリスは一家から夕食に招待された。みんなで蔓《つる》棚の下で大きなテーブルを囲み、潮と花の香りが漂う夕暮れのそよ風を楽しんだ。

「不思議に思っていたのよ」ジョリーの隣に座った女性の家長が、彼女の肩に肩を押しあてて言った。

「わかっているでしょうけど、ここの変化についてはいろいろ噂《うわさ》があったから」

「まさに過渡期でした」ジョリーはうなずいた。

「ここをとても大切な場所だと思うからこそ、誰もが話をせずにはいられなかったんでしょうね」

「スピロスがあなたに愛されていたのはみんな知っていたわ」老婦人が言った。その〝みんな〟が家長の誕生日を祝うために毎年ホテルを訪れる家族だけでなく、もっと多くの人を指しているのをジョリーは理解していた。「でもあなたは若く、たくさんの時間がある。〝欲しいと思ったら心はとめられない〟というでしょう？　新しい愛の物語はまさにこのホテルに必要なものだと思うわ」

ジョリーは老婦人の手に手を重ねた。「あなたが理解してくれてどんなにうれしいか。人からどう見えるかはわかっていますけど……」力なく言葉を切った。その言葉は本心だったけれど、心は納得していなかった。もしかしたら体が熱っぽいのは怒りやインフルエンザが理由ではないのかもしれない。

禁じられた恋に落ちた女性を演じながらここに座っていても、状況は好転しないのでは？

「あなたたちの相性のよさは誰が見てもわかるわ」老婦人が自信たっぷりに言い、ジョリーは望んでいた言葉じゃないのと自分に言い聞かせた。演技がうまくいっている証拠なのだから。つまり、私の心の中でなにが起こっているのか誰も知らないのだ。

「あなたとスピロスを見た人がみんな、新聞記事は間違いで本当に愛し合っているのがわかったようにね。大丈夫、真の愛はゴシップになんか負けないわ」

ジョリーは感謝の言葉をつぶやいた。老婦人から手をどけ、テーブルの向こうに視線を移すと、アポストリスがまっすぐこちらを見つめていた。

まるで私の心を見透かしているみたい。体が熱くしびれて力が入らない。神さま、どうかお助けください。

彼から視線を引き離すのはひと苦労だった。

ワインを飲みながらの歓談が続き、夜が更けていくうち、ジョリーは自分が本当に神秘的にもかかわらず親しみやすく、上品で愛らしい女主人であるような錯覚に陥った。それがただの役割でしかなく、実際の姿は違うのを忘れた瞬間もあった。老婦人に言われたことさえ真実だと思えそうだ。私とスピロスの間には本物の愛情があったし、私とアポストリスは本当に恋に落ちたのだと。

地球上でもっとも美しい場所の一つで、誰もがうらやむ生活を送っているのだと。

いつものことだがまわりに人がいる以上、ジョリーはそういう自分を演じていた。

すべてが終わると、ジョリーとアポストリスは招待客に手を振って別れを告げ、私道を歩き出した。彼女はもう少し演技を続けて夫の指に指をからめ、もう一度手を振ろうと振り返った。

次の瞬間、アポストリスの指がきつくジョリーの指を握りしめた。彼女を放すつもりはないというようだった。ジョリーは彼が緊張しているのに気づいた。その低いうなりに似た緊張は彼女の中にもあったけれど、理由が同じだとは思えなかった。

私道を歩く間、彼女はアポストリスに体をあずけては、彼の大きくてたくましい全身がこわばるのを楽しんだ。馬車小屋へ入ると、二人は演技をやめた。先にジョリーが中へ進み、アポストリスがあとに続く。まさに注意深く完璧な演出だった。

彼女は夫のほうを向いて笑った。玄関ホールの真ん中で、幸せそうな瞬間をとらえた芸術的な写真の数々の前で、そうするのをこらえきれなかった。

「さっきのをどう思った？」宿泊客に話すようなやさしく洗練された声とはまったく違う声で尋ねた。「気に入った？　賞をもらえそうかしら？」

アポストリスはこちらを見つめるばかりで、ジョリーの胸は勝利感でいっぱいになった。全身を震わせながら深呼吸をする。アポストリスは唖然《あぜん》としているように見えた。

反応を隠すのも忘れているらしい。

ジョリーはまた笑った。「あなたは本気で私をベッドに連れていけると思ったの？　話し合いもなしに？　どこの星に住んでいる人なのかしら？」

「キスしたら二人で情熱の炎に包まれる星にだ」彼が言い返した。もはや唖然とはしておらず、目がぎらついている。「君と違って、僕はその炎を恐れてはいない。君はどうだ？」

彼女は怒りが大波となって押しよせてくるのを感じた。顔が熱く真っ赤になり、頭から湯気が出ていてもおかしくない気がした。

「あなたにかかわるのを恐れてはいないわ」慎重に口を開いた。「あなたにまつわる最悪の悪夢なら、もう現実のものとなっているし」

「では証明してくれ」彼が促した。そのまなざしには情熱以上のなにかがあった。

「必要ないわ。私はあなたとベッドをともにしていると思わせればいいだけだもの。どうして証明なんかしなければならないの？　私にどんな得があるのよ？」

「それが僕たちにとって最後の闘いの場だからだよ、ジョリー」

「そして、あなたは勝つために必要な武器があると考えているのね？」ジョリーはわざとあきれた顔をし、うんざりしたように首を振った。「なにもわかっていないのね。忘れているみたいだけど、私たちがしているのは結婚であって、あなたがいつも楽しんでいる下品な情事とは違う。私たちは今後五年間、一年のうち四十四週間一緒にいるしかないの。なにか一つでも間違えたら、厄介な問題をかかえて暮らすはめになるわ。アポストリス、あなたにそんなことができるわけがない。自分でもわかっているでしょう?」

　今度はアポストリスが笑った。その声はおもしろくなさそうだった。「僕について重要なことはなにも知らないくせに、偉そうに言うんだな」

　ジョリーはもの憂げに肩をすくめた。彼の視線がその動きを追う。「私があなたについて知っているといえば、際立ったところがないということくらいかしら。あなたのお父さんと結婚していた七年間、私はお客さまが思っているほど安穏と暮らしていたわけじゃなく、ちゃんと働いていたわ」どう働いていたかは言いたくなかった。夫の目に興味がひらめいたからだ。「あなたが仕事のなにを知っているの?　自分が下した決断とともに生きるだけでなく、毎日その決断の結果に向き合わなければならない苦労のなにを」

「そんな過去があったのか?」アポストリスが尋ねた。ジョリーは彼が近づいていることにぼんやりと気づいた。視界に入っているのは夫だけだった。

「父と結婚した理由が金めあてだったこと、父はひどい男で、自分はみじめな思いをしていたと認めるつもりなのか?」

「あなたがうらやましいわ」ジョリーは穏やかな口調で言った。「三十代後半になっても、世の中は白黒はっきりしていると信じられるなんて。私はかなり早い時期にそんなことができなくなってしまったの。でも不平を言う気はないわ。不安だったのはほんの短い間だけで、だいたいは申し分ない生活をしてきたもの。それに五年たてば好きなように生きていける。この人生を取り替えてあげると言われても、私は断るでしょうね」

　口に出して言ったのは初めてで、考えた記憶もないことだった。後悔してもしかたないからだ。過去を振り返り、自分を苦しめたものを取り除けると想像してみる……それができたらすべてが変わっただろう。十九歳のときにスピロスの関心を無視したら、私は今どうなっていた？

もし彼の求婚を断っていたら、マティルドがどうなっていたかは火を見るより明らかだった。

「君は本当に嘘つきだな」アポストリスが歌うように言った。まるで恋人に話しかけるみたいなやさしい声だった。「君の言葉はなにもかもが嘘だ。だが僕には、君が自分のついた嘘を本当だと信じているのか、それともひたすら次から次へと嘘をついているだけなのかが判断つかないんだよ」

他人から言われたら心に刺さったかもしれない。それでも胸には痛みを感じた。たぶん、もし彼が自分にとって大切な人だったらどうだったのか、と想像したせいだろう。

「想像力がたくましいのね」ジョリーはまるでここに来てから一度も傷ついたことがないかのような軽い口調で言った。「繰り返しになるけど、あなたにはカウンセリングが必要だと思う。心配はいらないわ。そうね……二十年もあれば心の奥底にある腐った恐ろしいものも解きほぐせるんじゃないかしら」笑顔で手を伸ばしてアポストリスの腕を軽くたたく。「カウンセリングには偽りのやさしさがにじんでいた。「カウンセリングの力を信じて。あなたならできるわ」

アポストリスがまた笑った。その声はいつまでも続き、ひどく危険ななにかが揺らめきつつ二人を包んでいるのをジョリーは感じた。

そのなにかは家全体にまで広がっていた。

次の瞬間、彼女は自分たちが二人きりでいるのに初めて気づいた。

今は移動中の車の中にいるのではなかった。馬車小屋はいつホテルのスタッフが現れるかもしれない場所でもなかった。彼らは呼び出しや事前の連絡なしにここへ来ることはなかった。

ディオニは今も大西洋の上を飛んでいるはずだ。

つまり、ジョリーとアポストリスは二人だけで荒々しく混沌《こんとん》とした闘いを始めようとしていた。彼女には闘いの開始を知らせるゴングの音が聞こえた気さえした。

「これを終わらせる方法は一つしかない」アポストリスの顔にはまだ先ほどの危険な笑いの余韻が残っていた。「僕たちは刺し違えることもできるが、ある理由から僕はそうするのを避けたい。どちらかがもう一方を殺すこともできるが、法的な理由から賛成はできない。それでもこのままつねに相手を出し抜き、優位に立とうとしていたら、二つの結末のどちらかになるのは避けられないだろう。その点は理解してほしい」

「想像力のない人が言いそうなことね」ジョリーは壁に背をあずけて腕を組んだ。そして関心がなさそうに見えるよう祈りながら顎を上げた。「私にとって驚きではないけど、あなたは体の一部分でしか物事を考えていない。想像力が欠如しているとしても、なにもかも自分の思いどおりにできるわけではないことは学ばなければいけないわ」

「君は新聞の見出しを事実だと考えているのか？ 信じられないな。もし僕が本当に体の一部分だけで物事を考えていたら、君にとっては簡単な話だっただろう。しかし気の毒だが、君も心の底では僕が正しいとわかっているはずだ」

アポストリスがわずかに前へ進み、ジョリーは身構えた。

そうしたのは間違いだった。なぜならそんな行動を取ればいろいろわかってしまう、とすぐに気づいたからだ。

笑みを浮かべた彼を見て、自分の考えは正しかったとジョリーは確信した。「君は父を操っていたのかもしれない。二人の関係ではセックスを武器にしていたのは君だったのかもしれないな。だが僕との関係ではどうなると思う？」

アポストリスがさらに近づき、片方のてのひらをジョリーの頭の横の壁についた。その瞬間、彼はもう一度キスをする気なのかしら、とジョリーは思った。

しかし、アポストリスはキスをしなかった。代わりに、彼女の耳に口を近づけた。

「今回は結婚生活のスパイスにしかならない」アポストリスがささやいた。その言葉の響きが私にどういう影響をもたらすのか、彼は知っているのだとジョリーは気づいた。「いとしい僕の継母《まはは》にして妻よ、言っておくが、僕が破滅する可能性は万に一つもない」

言葉が口から飛び出しそうになるのをジョリーは押しとどめ、壁にさらに体重をあずけた。それは壁が後ろにあったからというより、彼がすぐそばにいてまだ壁に手をついていたからだった。

そして、ジョリーにおおいかぶさるように立っていた。

その甘く切ない輝きを放つ目に、彼女は見とれた。ゆっくりと手を伸ばしてアポストリスの顔に指で触れると、彼が驚いたように息をのむ。ジョリーも同じくらい驚いていた。

感じたのは驚きだけではなかった。アポストリスに触れることは、自身に触れることに似ていた。五感が刺激され、じわじわともの憂げに熱がわきあがってくる。

ジョリーは手をアポストリスの顔から首の横、シャツの襟の下の鎖骨にすべらせ、すてきな素肌のぬくもりを確かめた。うっすらと生えている胸毛がへその下まで伸びているのはすでに知っていた。正直に言えば知りたくはなかった。しかし数年前、彼が海から上がってきたとき、引きしまった全身から滝のように流れ落ちるしずくがギリシアの太陽を浴びてきらきら輝くのを見たことがあった。

その瞬間のアポストリスはいつも以上に魅力的だった。

ジョリーはアポストリスの水着姿を忘れられなかった自分に気づいた。彼を砂糖のようだと思ったのは、砂糖の味が好きだったからだ。嫌いな人なんていないでしょう？

この男性に対して憎しみを隠れ蓑《みの》にしていたと認めるときがきたのかもしれない。憎しみの裏側にはずっと別の感情があったと。

それは長年、私の中にあったのかもしれない。

ジョリーは今までそういう感情を抱いた経験がなかった。アポストリスと出会ったときは彼の父親と結婚しようとしていたのに、どうすればよかったというのだろう？

しかし、不快な真実を認めてもなにも変わらなかった。砂糖を口にするのと同じで自分を甘やかしてしまえば、その代償を払うはめになるものだ。

下へ下へと、ジョリーはシャツのボタンをゆっくりとなぞっていき、六つに割れている固い腹筋に布地の上から触れた。

そしてアポストリスの目をじっと見つめたまま、さらに手を下ろし、すでにズボンを押しあげている硬く誇らしげな隆起を撫《な》でた。

触れられると、興奮の証《あかし》はさらに大きさを増した。彼はとても硬かった。ジョリーはその硬さを全身で感じ取り、すでに体の奥深くに押し入られているような錯覚にとらわれた。

この瞬間ほどアポストリスを欲したことはなかった。それでも闘いに勝ちたい気持ちがまさった。

キスを求めるように顔を上に向けて近づけると、彼の目が暗く貪欲に陰ったのがわかった。

「なんてことかしら」ジョリーは深みのある声でささやき、興奮の証に手を押しつけた。「あなたは少し破滅していると言えるんじゃないかしら、アポストリス。世の中には死より悪いこともあると思わない？　たとえば敗北することとか」

ジョリーはアポストリスの腕をくぐり抜け、階段に向かった。後ろを振り返る勇気はなく、部屋から部屋へ歩いて螺旋階段を上がっていく。鼓動が激しくて、なにも聞こえなかった。てのひらには興奮の証の熱が烙印《らくいん》となって残っていた。

階下に目をやると、階段の下にいるアポストリスが見えた。ジョリーを見あげる顔には今まで見たことのない苦悶《くもん》の表情が浮かんでいて、彼女は自分も同じ表情をしているのではと心配になった。

彼の胸は走って追いかけてきたかのように上下している。

ジョリーにもその呼吸の激しさは伝わってきた。

「僕が君なら」アポストリスが口を開いた。二人を見ているのは夜空の星だけだった。「逃げられるうちに逃げるだろうな」

恥ずかしながら、ジョリーの中にはそうしたい気持ちもあった。けれどまっすぐ彼のもとへ行って、情熱の炎に焼かれてみたくもあった。そうすれば、二人が本当に灰になるのかどうかわかる。

でも、そうするのは降伏に等しい。

ジョリーは自分のために選んだ部屋――つまり宿泊客と食事をしている間にスタッフが調えてくれた客用寝室へ駆けこんでドアに鍵をかけた。そこには自分の荷物が全部アポストリスの寝室から運ばれているはずだった。

ところが自分でシーツを敷いたベッドに横たわり、長い間天井を見つめるうち、ジョリーは自らに問いかけた。私は本当に彼を締め出したの？

それとも自分をここに閉じこめただけ？

6

今までのは小競り合いにすぎず、闘いは本格的になっていた。大事なのは生き延びることだったが、簡単ではなかった。

アポストリスはこれほど生きていると実感した記憶がなかった。理由は熱い勝利の瞬間が間近に迫っているからで、ジョリーが敗北を認めるかどうかは関係ないと自分には言い聞かせていた。

大事なのは僕が勝つかどうかなのだから。

季節が進む中、アポストリスはそう自分に言い聞かせつづけた。その間にはやってきては去っていく宿泊客をもてなしたり、日常業務をこなしたりした。

そして受け入れがたい真実に直面した。

ジョリーはアポストリスが思っていたような、ただ見せびらかすための妻ではなかった。彼がそうであってほしいと望んでいただけなのかもしれない。彼女はホテルの経営に不可欠な存在だった。

どこから見てもジョリーは経営者だった。スタッフが彼女に忠実なところからも明らかだ。

おそらく父親と結婚してからそうだったのだろう。

それが父親の結婚した理由の一つである可能性はじゅうぶんにあった。

アポストリスは継母であり、妻であり、共同経営者でもある女性をまったく新しい視点で見ることを余儀なくされていた。不本意ではあったが。

ジョリーは完璧な女主人でありながら、苦もなく神秘的な存在でもありつづけている。だが仕事中もそれ以外の彼女も、アポストリスは気に入らなかった。ジョリーが思ったとおりの役立たずな厄介者だったら、もっと楽だっただろう。だがそうならホテルは窮地に陥っていたはずで、僕は勝利をおさめるどころではない。

アポストリスはジョリーと決着をつけたい気持ちと、長い間家族の礎となってきたホテルになにがあったのか理解したい気持ちとの間で葛藤していた。

アルセウとよく話をするのにはさまざまな理由があった。友人はシチリア島の要塞というか城というか、そんなところに住んでいた。

「家以上の意味があって、そこに住む家族よりも重要だとされている建物を大切にするとはどういうことだろう?」ある日、アポストリスは尋ねた。

「それこそが遺産だ」アルセウがいつもと変わらない冷静な口調で答えた。「おまえもその言葉はよく知っているだろう。遺産は手入れと修繕を必要とする。不便な面もあるが、あるとスーパーモデルやパパラッチから注目されたいと思わなくなるものだ」

「教えてくれてどうも」アポストリスは硬い声で礼を言った。「よくわかったよ」本当に言いたかったのは、〝おまえも僕の味方ではないのか?〟だったが。

フェアでないのはわかっていた。アルセウはアポストリスよりもまじめな男だった。いや、本当に言いたかったのは、アルセウは自分の遺産がしっかりと手の内にあって自らが管理するものだと確信している、ということだったのかもしれない。

アルセウはアポストリスのように、父親の遺言に従って演技をする必要がなかった。

アポストリスはそうするのがますますむずかしくなっていた。原因はホテルの共同経営者との仲が、二人の闘いに影響していたせいだった。

ある朝アポストリスは、ジョリーがオフィスで彼が処理すると言った事務仕事をしているのに気づいた。これまでも似たような姿は目にしていた。だがそのたび、彼女が本当に仕事をしている可能性を否定したくてわざと無視していた。

胸に怒りとは違う、よく知っている感情がこみあげた。怒りなら簡単に発散できたが、この感情はアポストリスの中からなかなか消えなかった。

「わざとしているのか?」馬車小屋の独立した棟にある広いオフィスで仕事をしているジョリーに尋ねた。「言われたことに従わないのは、経営者は自分一人だと思いたいからなのか?」

「あなたにはとてもショックかもしれないけど」ジョリーが短剣のような鋭さを秘めた笑みを浮かべて答えた。「私はあなたのことなんて頭にないの」

彼は妻が座るデスクの前で立ちどまり、身を乗り出して強制的に目を合わせさせた。「嘘《うそ》だな」

ジョリーが椅子に座り直した。その態度は遠目からもの憂げに見えたかもしれない。だがそばにいるアポストリスには彼女の目に動揺がよぎり、頬が紅潮したのがわかった。

なにを言おうと、ジョリーは冷静でいるわけではないのだ。

彼は興奮を覚えた。とてつもなく。

それでも、すぐに自分の手の内を見せるべきでないのは学習していた。彼女にからかわれ、すさまじい欲求不満をかかえたまま廊下に置き去りにされたあの夜の記憶は忘れられない。

いろいろな意味で。

彼女を役立たずの厄介者と信じていたころは、好きなように行動できたのに。

「私との会話になにを求めているの、アポストリス?」ジョリーが尋ねた。声はかすかにいらだっているが、目にはいらだちとは違うなにかが浮かんでいた。「今朝オフィスに来たら、終わっていない仕事があった。だから私が片づけている。それだけだわ。あなたにあてこすりをしているわけじゃない」

こんなばかな話は聞いたことがないと言わんばかり

に頭を振った。「どうしてわざとだと思ったの？」

アポストリスはアルセウとの会話を思い出し、戦略を考えた。質問をしたときのジョリーは、僕に実験台を見るような目を向けなかった。だが、そんなことはどうでもいい。

とにかく、今の彼女は純粋に興味がある目をしている。

「聞いていなかったのか？」彼は軽くきき返した。「父は長年、僕のビジネスの才覚のなさに失望していた。君にも折に触れて打ち明けていたんじゃないかな。父と僕がごくまれに口をきくときも、話題はそのことばかりだった」

「あなたのお父さんはカクテルパーティが好きな人だった」ジョリーが先ほどと同じ口調で言った。「だからビジネスについては私に一任していたの。毎日膨大な業務に追われていたから、私にはあなたにビジネスの才覚があるかないかを考える時間なんてなかったわ」

アポストリスは顔をしかめた。「なにを言っているんだ？　父が君にこのホテルの経営すべてを任せるなどありえない――」

そこで言葉を切った。なぜ僕はジョリーの言葉を聞いて驚いたんだ？　僕は父親がいかに自分を偽っていたかをよく知っている。そういう男の被害者でもあるのに。

「七年前までは経営を任せられる人を雇っていたみたいね。その人の解雇が、私が最初にした仕事だったわ」彼女のほほえみがますます刺々《とげとげ》しくなった。まるでもう一度反論してみなさいと、アポストリスを挑発しているようだった。父親と自分が結婚して以来、変わっていったホテルを見ていてもまだ疑うつもりなのと。「私みたいな小娘の相手など誰もまともにしなかったはずとあなたは思うかもしれないけど、答えはノーよ。そんなことはなかった。でも、問題はあったわ。スピロスはこれまでどおりを望んだの。彼はパーティの盛り上げ役になるのは好きだったけど、パーティを計画するのは好きじゃなかった。そして、私はパーティを計画するためにあるような学歴の持ち主だったの」

二人は同時に自分たちの会話の行方に気づいて動揺した。

彼女が椅子から立ちあがる。アポストリスはデスクに乗り出していた体をもとに戻した。

ほんのわずかな間、二人は信じられないという表情で互いに顔をしかめた。まるでどちらも相手こそがこの衝撃の真実を暴いたと責めているようだった。

「君と父との結婚はどこから見ても幸せなんだと思っていたよ……」

その言葉はアポストリスの本心だった。

「それでもいろいろあったのよ」そう言って、ジョリーが顎を少し上げた。その程度の仕草でも同情を拒んでいるのはわかった。「あなたは私の前の結婚に過剰な関心があるみたいね。私があなただったら、今の結婚のほうを心配するけど」

「だが、父と君は深く愛し合っていたと言う人はおおぜいいる」声は思ったよりも皮肉っぽくなった。

「その言葉が全部、幻聴だったとは思えない」

ジョリーの目がきらりと光り、アポストリスは反撃されると思ったが、彼女は首を横に振っただけだった。まるで彼に絶望したか、疲れはてたかのような仕草だった。

たいていの女性がアポストリスに対してとる態度ではなかった。

「あなたはなにもかもお金のためだと思っているのでしょうね」ジョリーが静かだが強い口調で言った。

「あなたは損得でしか物事を考えていない。その一方でこの世には、ほかの人がいやがることでもしなければならない理由があるの。あなたが耐えられないと思うことでもね。そういう選択をせずにすんで、あなたは幸せだったのよ、アポストリス」

その言葉は彼と父親との関係がよくなかったのを知っていたと言ったも同然だった。

「教えてくれないか」彼は急に理解できない衝動に駆られた。「一度でいい、本当のことを言ってほしい。なぜ父と結婚した？」

ジョリーの顔が悲しげになり、質問を予想していたように横を向いた。窓の外には今日も明るく晴れた地中海が広がっている。日差しが彼女の顔に降りそそぎ、アポストリスはこの女性が本当に完璧な女性であることにあらためて驚いた。

明るい光でさえもジョリーの正体は暴けないのか。彼女の美しさを引きたてるだけで。

「私は現実的な決断をしたの」ジョリーの声は疲れていた。「でも後悔はしていない」振り返った彼女の表情は変わっていた。悲しみは消えうせ、不可解ななにかが浮かんでいる。「あなたがロマンティストだとは思わなかったわ。正直、意外だった」

「現実主義と金めあて《マーセナリー》では全然印象が違う」アポストリスの声は友好的なおしゃべりをしているようだった。「君は他人だけでなく、自身にも嘘をついているのか？　ぜひ知りたいな」

彼女の目がわずかに細くなった。反応らしい反応といえばそれくらいで、芸術品を思わせる完璧な顔立ちはそのままだった。「傭兵《マーセナリー》っておもしろい表現ね」

ジョリーが腕を組む仕草には怒りや否定的な感情ではなく、気品が表れていた。彼女はすべてが逐一計算されていた。

そんな女性を称賛している僕はどうかしているのだろうか？

「本当におもしろいと思っているのか？　それとも、自分の行動を完璧に表現する言葉だからそう言ったのか？」

ジョリーが腕を組んだまま優雅にほほえんだ。

「ある大金持ちの御曹子の話をしてもいいかしら。彼はなにからなにまで最高のものを持っていた。そして使用人たちに大切に育てられたあと、世界でも指折りの学校に通わせてもらったの」

彼女が手を上げたとき、アポストリスは自分がしかめっ面をしているのに気づいた。

「だからといって挫折したことがなかったわけじゃないわ。悲しみや落胆も味わった。人生とはそういうものだから。御曹子の時間はそうして過ぎていった。なにかを受け継ぐ人というのは、お金よりも人としての充足感を大事にするものだと思うでしょう？」

ジョリーがやさしくかぶりを振った。

「でも御曹子は違った。彼は莫大《ばくだい》な信託財産を受け取って生活するほうを望んだ。それからずっと、暴飲暴食と放蕩《ほうとう》の言い訳をしながらぶらぶら遊んでいるの。もちろん、世の中の人みたいに仕事なんてしないわ。彼には別の仕事があるから。御曹子の仕事とは長生きをして、父親が死ぬのを待つことなの。そのとき初めて彼は一族の全財産を掌握し、なにかを成し遂げた気分になる。さんざん怠惰な生活を送ってきたくせに、遺産の使い道もわかっていると思いこんでいるのよ」彼女がふたたびほほえんだ。「なのに、厚かましいあなたは私をお金めあての女だと思っているのね」

アポストリスは強烈に反撃したかった。そうしない自分が不思議でたまらなかった。しかし彼はジョリーが自分の体を撫《な》でたときのことを思い出した。下腹部に触れられた記憶が脳裏によみがえると、二人でどんなことができるかを想像した。

あの日以来、アポストリスはほかのなにも考えられなかった。

僕はこれまで経験した中でもっともすさまじい欲望に駆られているのだろうか？

ときにはあまりめだたない武器を選択したほうが戦略的にはいいことを、アポストリスは知っていた。つねにロケットランチャーで攻撃したり、無差別に爆撃を行ったりすればいいというわけではないのだ。

「君の想像力がかなり豊かでも僕は驚かない」欲望は無視し、彼はゆっくりとした口調で話し出した。『君になにもかも誤解していると言わなくてならないのが残念だよ。僕は信託財産に手をつけたことは一度もない。それは選択肢の中になかったんだ」

こんな話をしてよかったのだろうかという疑問がわいてきて、アポストリスはジョリーから目をそらし、窓辺へ行った。ホテル・アンドロメダは燦々《さんさん》と降りそそぐ地中海の太陽の光の中に堂々と揺るぎなく立っていた。

遠くにはいつものように青い海が輝いている。

その光景はアポストリスの心を癒やしてくれた。どれだけ多くの人の死を経験していても。ここに立っているだけで、どれだけ多くの記憶や後悔が胸を刺すとしても。

「父は僕の態度に不満を感じていた」彼は海を見つめながら言った。脳裏には亡くした人と後悔が渦巻いていた。そのときの記憶は今も振り払えなかった。「ひょっとしたらその日だけ、息子の口のきき方が気に入らなかったのかもしれない。忘れてしまったんだ。だが父は僕が大学を出る直前、縁を切ることが息子のためになると考えた」

振り返ると、ジョリーが自分を見ているのに気づいた。しかし、そのときの彼女の表情を言い表すことはできなかった。ジョリーが熱心に耳を傾けている理由がわからなかった。まるで体全体を使って聞いているみたいだった。

「皮肉な話だが、父自身は一日も働いた経験がない。

祖父が亡くなるまでは、道をはずれたふるまいばかりしていたそうだ。それは祖父と縁を切りたかったからだ、と言う人もいたかな。だが僕が自分の置かれた状況を楽しめるようになったころには、父は自分を立派な実業家だと思いこんでいた。もう祖父の七光りではないし、息子もいないと。僕はそういう立場にいたんだ。君が想像しているとおりの御曹子ではあったが、悲しいことに好きに生きていけるだけの金はなかった」

「彼があなたと縁を切ったから？」ジョリーが眉をひそめた。「そんな話は聞いていないわ」

「君が小説を読むのが好きなら、父ほど話を作るのがうまい男はいないのを理解していると思ったんだが。特に自分の功績を語りたいときはね」アポストリスは完全にジョリーに向き直り、窓に背をもたせかけると、太陽の光に照らされた彼女を眺めた。

「僕は島に戻ってきてホテルをうろつき、自分の評判を地の底まで落とすこともできた。だが家族間のもめごとに詳しい友人のアルセウが、同世代のほかの人間みたいに二十代を無駄にするよりは金を稼いだほうがいいと言ってくれた。そうすれば将来なにがあっても親の金に頼らなくてよくなるからと」

ジョリーが驚いた顔をし、アポストリスはうれしくなった。だが、父は彼女にどういう話をしていたのだろう？

父がなにを言っていようとどうでもいいじゃないか。そう気づいて彼ははっとした。僕はジョリーがどう思ったかが気になっているのだ。

つまり彼女とのやり取りの主導権を、僕は思ったほど握れているわけではないらしい。しかし、もはや引き返すには遅すぎた。「アルセウは恐ろしい男だ。そして僕は人の心をつかむのがうまい。僕たちは協力して、ほかの追随を許さない最高のチームになった」

「あなたたちはなにをしているの？」

アポストリスの心の奥底でなにかが動いた。話してもジョリーには笑われると思っていた。自分とアルセウは成功者になったと打ち明けたとき、父がそうしたように。だが、彼女は初めて僕に正直な質問をぶつけた。

彼は喜びたかったが、代わりに肩をすくめた。

「僕たちはあるものを買っているんだ。その中には直したほうがいいものもある。だから自分たちで直して売っているんだ」

「買っているのはアンティークなの？　それとも企業とか？」

「アルセウはまるで匂いがするかのように、傷がある場所を見抜く才能の持ち主だ。土地だろうが、ホテルだろうが、企業だろうが関係ない。弱い部分があれば見逃さない。そして多くの場合、気づくのは持ち主よりも早い。初めのころは相手に自分たちを売りこみ、なにができるかを証明するのに必死だったよ。今では断るには惜しいものにしか手を出していないが」

ジョリーの青い瞳がきらりと光った。「あなたの仕事がわかったわ。人々を苦しめ、不幸を利用してお金をもうけているのね」

「全然違う」アポストリスは即座に否定した。「僕たちは壊れたものを直しているだけだ、ジョリー。それらをもとどおりに、新品以上にする。手放すときは見つけたときよりもいい状態になっているんだよ」疑わしげな彼女の顔を見て笑う。「信じてくれなくてもいい。君がどう思っていても、僕は気にしない」その言葉は……彼が望んだほど真実に近くなかった。「しかし、何年か前にアルセウが僕に言ったことがある。もし自分が僕と親しくなかったら、ホテル・アンドロメダも対象にしていただろうと」

厄介なことに、アポストリスにそこまで話す気はなかった。だが、これも戦略の一部だと思い直した。これは真実を知った以上、しなければならない告白だ。「君が来る前の話だよ」

ジョリーが勢いよく息を吸い、体をこわばらせた。

「意味がわからないわ」

「いや、君はわかっている」彼女がさっきまでついていたデスクを手で示した。「君も言ったように、父はパーティが大好きだった。その点に異論はない。だが七年前、突然優秀な経営者が現れた。そして今、ホテルは堅実に業績を上げている。誰のおかげなのか、僕はよく知っているんだ」

「あなたのお父さんは私に自由に仕事をさせてくれたの。それが私にホテルの半分を相続させた理由の一つかもしれないわ。彼は、あなたがアドリアナキス家の財産を必要としていないのを知っていたもの」

「だが、君は金が必要だった」アポストリスはそっと言った。この切り札はもっとあとで使うつもりだったが、なにかが今だと伝えていた。「父が君に給料をもらうよう言ったのか?」

「彼がどうしてもと言ったの」

「見るところを見れば金の流れを追跡するのはそれほどむずかしくない」ジョリーの背筋が伸びるのがわかった。秘密に気づかれたと悟ったのだろう。「君は自分の口座に入金があるたびに、その九十パーセントをどこかに送金しているな。なぜだ?」

一瞬、ジョリーが……あわてたように見えた。

その言葉しかアポストリスには思いつかなかった。ジョリー・ジラール・アドリアナキスがあわてている? それがなにを意味するのかは想像もつかなかった。その反応は手ごわい金めあての女らしくなかった。ホテル・アンドロメダの経営者らしくも、ホテルを破産から救った救世主らしくもなかった。

金を送っていることをやめさせるつもりはなかっ

た。アポストリスは彼女の一挙手一投足を知っているからもう二人の間に秘密はない、とだけ告げるつもりだった。

そして、事実を突きつけられた妻の反応を見たかった。

ジョリーは腹でも殴られたような表情をしている。窮地に陥った顔に見えるのはなぜだ？

彼女に近づきたいのを、アポストリスはこらえた。そうするのは思ったよりもむずかしかった。

「私が稼いだお金でなにをしようが関係ないでしょう？」いつもの口調ではなかった。どちらかといえば、声は震えているように聞こえた。

「夫を信じてみてはどうだ？」彼は言った。

「いいえ」以前の自分を思い出したのか、ジョリーが顎を上げた。「私は夫を信用しない。最初の夫もそうだったし、二番目の夫にいたっては最初の夫以上に信用できないわ」

「父をよく知る者としては信じがたいな」

「スピロスは自分で言っていたとおりの人だったわ」ジョリーが硬い声で笑った。「よくも悪くも見た目と中身が同じだった。あなたは違うけど」

アポストリスは妻を問いただださなかった。彼女がそうしてほしがっていることには気づいていた。自分の話を打ち切り、僕の話に戻りたいはずだ。

「君の送金先は毎回違う」アポストリスは真実を知っていると伝えるために口を開いた。彼は本当に知っていた。「だが、送金自体は必ず行っているね」間を置いた。「君は誰に金を払っているんだ？　誰が君の秘密を握っている？　その秘密とはなんだ？　そして、なぜそれを隠しておくために多額の金を払っている？」

ジョリーが肩を落としたので、アポストリスは自分の間違いに気づいた。

「誰でも秘密を持つ権利はあるわ、アポストリス。

私だって同じよ」

彼は首を振った。「それでも僕は答えを見つけるつもりだ。一つ言っておくと、ジョリー、今教えておいたほうが後悔は少ないぞ」

しかし、ジョリーは予想した反応をしなかった。その顔にパニックの気配はかけらもない。それどころか、のんびりとして楽しそうにすら見えた。

「それじゃ」彼女が居丈高な口調で言った。「あなたが答えを見つける前に、私は悪事をやめないとね。どちらにしても、あなたはどうなると思っていたの？　私たちはこれから先も五年間、結婚していなければならないのよ。それを忘れたの？」

「忘れるわけがない」アポストリスは言い返した。「自分が打ち明け話をしたら、私も打ち明け話をすると思ったのね？　そうなんでしょう？　不意をつけば、私が隙を見せると考えたのよね？」ジョリーがため息をついた。「まだわからないの？　私はあなたよりこういうことが得意なのよ」

「そう思ってくれていてうれしいよ。なぜならそれは、君がこれから起こることを知らないという意味になるんだからね。君に自分の不法行為を隠しおおせる力はないんだ」

驚いたことに、ジョリーが頭を後ろに倒して笑った。その姿にアポストリスは引きつけられた。

やさしい笑い方ではなかった。声は鋭くとがっていて、彼は心の奥底に爪を立てられているような気がした。

「逃げても無駄ってことね」少し長く笑いすぎたあと、彼女が口を開いた。「私がばかだったわ。私のしていることにすぐに気づくなんて、アポストリス、あなたって賢いのね」

これ以上の皮肉はなかった。

そのせいで、いつの間にかアポストリスは二人の距離をつめていた。

頭の中には、笑ったジョリーにどうやって償わせるかということしかなかった。なぜなら彼女の青い瞳が数日前と同じく挑戦的に輝いたかと思うと、手がアポストリスの下腹部に触れて――。

　そのときオフィスのドアが開かなかったらどうなっていたか、彼にはわからなかった。

　現れたホテルの女性スタッフは申し訳なさそうな顔をしていた。「おじゃましてすみません」彼女は警戒と憶測が入りまじった視線を二人に交互に向けながら続けた。「でも、お客さまがお二人のどちらかに会いたいとおっしゃっていまして」

「私が行くわ」ジョリーが小さい声で言った。彼女が離れたとき、アポストリスは自分がどれほど妻の近くにいたかに気づいた。手はジョリーの全身に触れたくてうずうずしていた。

　ドアに近づいたジョリーが、アポストリスが追いかけてくると予想していたかのようにちらりと振り返った。僕がそこまで切羽つまっていると思ったのだろうか。

　そうではないだろう？

　ジョリーの荷物を馬車小屋に移したのは戦術的に失敗だった。彼女が同じ空間にいると、アポストリスは息が苦しくなった。ときにはいたるところで彼女の香りがする気がした。

　それはジョリーがいない部屋でも変わらなかった。夜中に目を覚まし、心臓が激しく打っているのに気づくこともあった。二人がベッドで寄り添ったり、からみ合ったりする夢を何度も見たせいだ。

　文字どおり、どこへ行ってもジョリーの気配はついてまわった。

　たぶんジョリーは取りつかれたようなアポストリスの状態を察したのだろう。ふたたび彼女の口角が上がり、青い瞳が輝いた。それからドアを閉めた。

　静かに、まるで二人の間にあるすべてに無関心だと伝えるように。

　僕が求めている女性は、僕と距離を置くと決意しているようだ。いったいなぜだろう？

　ジョリーが僕を望んでいないわけはない。彼女はくるおしいほど僕を欲している。うぬぼれが強い性格なのは自覚しているが、これは決して勘違いではない。

　キスをしたときに味わったものと同じくらい強烈な真実を確認するために、ジョリーに手を伸ばす必要はなかった。僕の体を撫でた夜、彼女もはっきりとわかったはずだからだ。

　自分がジョリーに惹《ひ》かれているのは今だけではなく、何年も前からそうだったという事実をいつ受け入れたのか定かでなかった。だが、その気持ちはゆっくりと煮えたぎっていた。父親と結婚した当初から、継母となった女性に僕がどれほど心を奪われていたか、彼女は知っていたのだろうかと考えると苦しくなった。父親は息子の思いを知っていたのか？ホテルの宿泊客やスタッフはどうだったのだろう？

　しかし、そんなことはどうでもよかった。

　アポストリスは窓辺へ戻り、今度はガラスの両脇に手をついた。

　肝心なのは、ジョリーを手に入れるのが時間の問題だという点だ。

　必ずそうなると、アポストリスにはわかっていた。ジョリーがその未来を受け入れているかどうかは見当もつかなかったが、彼自身は現実を受け入れていた。なにをしても避けられない結果だと思うと穏やかな気持ちになれた。昼のあとに夜がくるように必然の事実なら、なにも心配する必要はなかった。

　ただ時間の問題だった。

　それゆえにジョリーがどんな秘密をかかえているのか知ることは、今まで以上に重要だった。

　アポストリスは部屋を占領する巨大なデスクの椅

子に座り、ノートパソコンに向かった。デスクは父親を困らせるために置いたものだった。

しかし、考えていたのは父親についてではなかった。今度こそ、ジョリーに尋ねる前に答えを知っておかなくては。いつ、どのように質問すればいいかを考えておくのだ。

なぜなら勝つためには、相手の心を丸裸にするよりほかに方法はないからだ。

ジョリーといういらだたしいほど謎めいた存在、法的な意味を除けばいないに等しい妻に対しては、そうすることがもっとも有効な武器になると信じるしかなかった。

7

マティルドがいなかったら、私は逃げ出していたに違いない。

数日後の夜、小さな客用寝室に閉じこもったジョリーは、自分がアポストリスを締め出しているのか自身を閉じこめているのかいまだにわからず、不愉快で受け入れがたい真実と闘っていた。

彼女は窓の外のホテル・アンドロメダをにらんで言った。「マティルドがいなかったら、私は卒業後、ヨーロッパのどこかで仕事を見つけていたわ」

たまにそうしていたら、と想像してみることはあった。卒業の年に校長とじっくり話し合ったときは、将来について何度も熟考した。

しかしある日、校長はジョリーにすべてを見通したような目を向けた。〝女性は全員自立すべきと私は思っていますが、自立心と愚かさは紙一重です。あなたは今、無一文なのですよ〟その言葉はナイフを胸に深く突き刺す行為に等しかった。〝適切な解決策をさがす間に頼るものがあれば話は別ですが、あなたにはそれがない。ほかの女の子たちは信託財産があったり、裕福なご家族がいたりするのですけれど……〟

校長は首を振った。そのまなざしはやさしく確信に満ちていた。

〝彼女たちにはあなたよりも多くの選択肢があります。ジョリー、あなたにはまともな人生を歩めないと思っているわけではありません。ただじゅうぶんな時間がないのが心配なのです〟

〝時間ならあります〟ジョリーは抗議した。

〝あなたの将来のことを言っているのではないのですよ〟校長がまた首を振った。〝私は貧困について話しているのです。貧富の差は大きいと思っている人は多いですが、実際は彼らが想像しているほどではありません。ほとんどの人にとってはわずかな差です。ですが、あなたは借り物の時間を生きています。お祖父《じい》さまは入学前に学費を全額支払ってくれましたが、あなたによぶんなお金はない。理想の仕事をさがす間、どうやって生きていくのですか？もし仕事が見つかったとしても、どうやってアパートメントを借りるのですか？食費や交通費はどうするのですか？〟校長が学校の立派な建物を手で示した。〝ここを出て現実にぶつかったとき、あなたがつぶれてしまわないか私は心配しているのです〟

〝今まではなんとかなってきました――〟ジョリーは反論を始めた。

しかし校長が両手をデスクに置いた。〝私に相続するような財産はなかったわ、ジョリー。私は労働者階級に生まれ、毎日請求書の支払いに追われていた。それでも、今のあなたよりもはるかに恵まれていたんです。私がなにを言いたいかわかりますか?〟

校長は、家賃を払うために街角で身を売らなければならないような状況になりたいのかどうか、よくよく考えるべきだと言っているのだ。裕福な男性と結婚すれば快適な暮らしができるのにと。

どちらがましな選択か、ジョリーはすぐに悟った。支配的な老人とその要求よりもっと悪い状況が世の中にはあるとわかっていたからこそ、私はスピロスの幼妻としての役割に楽に慣れることができたのかもしれない。スピロスは予想どおりの人物だった。知り合ってからずっと、彼に意外なところは一つもなかった。

亡くなったこと以外は。ジョリーはスピロスが永遠に生きると思っていた。

問題はスピロスの息子だった。

アポストリスには驚いた。完全に打ちのめされた。それは彼が想像していたような放蕩《ほうとう》者ではなかったからだけではない。もちろん聞いた話を鵜《う》呑《の》みにはせず、本当かどうかは確認した。けれどすべて真実かどうかを知るには、かなり調べなければならなかった。そして、アポストリスはろくでなしだと断言したスピロスを信じていたのに気づいた。アポストリスとあの恐ろしげな友人は企業を情け容赦なく買い取っては売り飛ばすのではなく、むしろそこで働く人々の救世主となっていた。

助けられた人々は二人をそう呼んでいた。彼らが助けた会社やホテル、ときには家族もそう思っていた。

動揺するにはじゅうぶんな内容だった。

アポストリスはジョリーが毎月、叔母夫婦に仕送りをしているのも知っていた。

彼女は危ない橋を渡れなかった。真実を知った彼は私の給料の支払いをとめるはずだ。そうなったらどうすればいい？　少しでも送金が遅れたら、叔母夫婦は自分の娘を利用して豊かな暮らしを続けようとするに決まっているのに。

それでもジョリーには、あの憎らしい叔母夫婦がマティルドを資産家に嫁がせることができるとは思えなかった。もしかしたら二人はもっと不愉快な選択をするかもしれない。彼女が何年も前に避けた、街角で身を売るという選択を。

マティルドがそんな目にあうと考えただけで怒りがこみあげた。

しかし、起こっていることをどうにかする方法はなかった。ジョリーはそのことを承知していた。アポストリスへの思いが日に日に首を絞めているのは実感していた。

「残念だけど」彼女は自分に厳しく言い聞かせた。「自分の気持ちばかりを考えてはいられないわ」

すでに夕方になっていて、ジョリーは好むと好まざるとにかかわらず仕事をしなければならなかった。ため息をついて立ちあがり、これから始まるパーティのために着替えようとする。宿泊客とカクテルを飲んで笑い、親睦を深め、楽しい時間を提供しなくてはならない。どんなにつらくても。

そして夫とは……危険な駆け引きをしなくてはならない。

心の奥底ではわかっていた。宿泊客のために幸せな妻を演じている間、ジョリーは演じているのを忘れる瞬間があった。アポストリスを本当の夫だと思いこんでいることさえあった。二人は愛し合う新婚夫婦で、お互いに触れずにいられない。だから視線を交わし合い、手をからめずにいられないのだと錯覚していた。

あまりにも頻繁に演技をしすぎた。そのせいで馬車小屋へ帰ってからも続けてしまいそうで恐ろしかった。二人きりになっても幸せな妻という仮面を取るのを忘れてしまいそうだった。

悪いことに、忘れる日がくるのを望んでいる自分もいた。それが狂気の沙汰にほかならないとわかっていても。

アポストリスに身をゆだねると考えるたびに、心は激しくざわめいた。そのざわめきは全身に響き渡り、彼女はただ震えるしかなかった。

人知れず、ジョリーはそんな反応に耐えていた。ざわめきが一日じゅう消えない日もあった。

とはいえ、もしアポストリスに身をゆだねたら、決してもとには戻れないだろう。

ジョリーは螺旋《らせん》階段を下りていった。ほとんど音をたてない靴で一段一段踏みしめながら進んでいく。開放的な空間をドアに向かって歩きながら、彼女はほかにも意識を向けた。シンプルなワンピースが動くたびに肌を撫《な》でる。開け放たれたガラスドアから吹いてくる風は涼しく、首にはネックレスの重みを感じる。まるでアポストリスの手が頭の横の壁にあったときのよう——。

ジョリーは自分の想像に目をまるくし、これから始まる仕事に注意を向けていられないことを愉快に思った。どうしても集中していられないようだ。

外には地中海らしい幻想的な夕闇が広がっていた。私道や庭園を歩いていくうち、彼女はこの場所の美しさに夢中になってほかのことは全部忘れていた。これから五年間、私はこういう経験ばかりができるのだ。向き合うのがむずかしい問題なんてあるわけがない。

ホテルの角を曲がる前に宿泊客の声が聞こえ、ジョリーは人前に出るときのほほえみをごく自然に浮かべた。謎めいた魅力を持ち、みんなから愛される完璧な女主人であろうとした。どんな宿泊客にとっても理想の女主人であろうとした。

建物の角で一瞬、ジョリーは立ちどまった。少し離れたテラスには蔓《つる》植物ときらめく電飾に飾られた蔓棚の下にいる人々が見えた。誰の目からもこちらは見えなかった。

今回の宿泊客は超有名歌手とその友人たち、バックシンガー、長年のバンドメンバーという大所帯で、そのうちの何人かは最寄りの村に滞在し、そこからホテルにやってきていた。そのためテラスはにぎやかな会話と、自然発生的に奏でられる音楽と、途方もない大金がなければ実現できないのんびりとした贅沢《ぜいたく》な雰囲気に満ちていた。ジョリーが知っている顔がいくつもあるのは以前、彼らがここを訪れたことがあるからではなかった。知らない人がいないくらいの有名人だったからだ。

けれどジョリーの視線は世に知られた面々を飛び越え、アポストリスを見つけた。

まるで夕闇の中にいるのではなく、スポットライトを浴びているみたいだった。彼もジョリーを見ていた。まるで今夜、ここにいるのは二人だけだというように。二人の間にあるのは蒸し暑いギリシアの空気だけだというように。

きらびやかで洗練されたカクテルパーティを楽しむ人々の中で、ジョリーはアポストリスの視線をひしひしと感じていた。遠くから肌を指でなぞられているみたいに体が震えるのをとめられなかった。

その感覚に生きながらのみこまれるか燃えつきるかのどちらかになる気がした。

アポストリスはそんな私の反応に気づいている、とジョリーは思った。その証拠はかすかに上がっている口角だけだったけれど、彼女はすでにアポストリスの心を読むすべを学んでいた。その事実は夫との否定したくてたまらない親密ぶりを示しているのかもしれない。

でももはや否定できない。

ジョリーは仕事をするためにテラスに行く代わりに、アポストリスを見つめつづけた。彼は父親よりもホテルの主人役がうまくて感心した。少なくとも、彼女がホテル・アンドロメダにいた間のスピロスよりは上だった。

そんなことを知ったら、あの老人は墓の中で引っくり返りそうだ。しかし真実には違いなかった。スピロスは自分の伝説に過剰にうぬぼれていた。晩年の彼は、宿泊客がここに来てお金を払うのは自身の知名度やスター性ゆえだと信じていた。彼らはホテル・アンドロメダの経営者に会いたいのだと。

アポストリスはスピロスのようにテラスのお気に入りの一角に座り、場を取り仕切りはしなかった。自分こそが主賓だという顔もしなかった。

そうするよりもタブロイド紙の常連だったころの話をして宿泊客を笑わせ、彼らの打ち明け話には熱心に耳を傾けた。次世代のアドリアナキスと親友になったと確信してホテルを発《た》った人は、かなりの数にのぼっていた。

それでもアポストリスは私を嘘《うそ》つきと呼ぶ。

ジョリーの胸に痛みが走った。二人とも演技がうまいなら、協力したっていいのに。お互いを嫌うのではなく、手を取り合う。永遠に相いれない敵になるのではなく、チームとしてやっていく方法だってあったはず。

しかしそう考えている間にも、苦々しいものがこみあげてきて彼女は唇をゆがめた。

冗談でしょう？　私は四十歳も上のアポストリスの父親と結婚した女なのよ。彼が礼儀正しくいてくれるだけで幸運で、むしろ感謝するべきなのだ。

それに、私には果たさなければならない義務がある。このままここにいるわけにはいかない。どうせアポストリスにはなにをしても悪く取られるのだか合っていればそばにいたがるのは不思議じゃない。祖父母がそういうふるまいをするのを何年も見てきたでしょう？

祖父母のことを考えたのはきっと音楽のせいだ、とジョリーは思った。二人を亡くした悲しみや喪失感は、その後の人生にしっかりとタペストリーのように織りこまれていた。喜びと絶望によって織りなされるもの――それが人生だから。その二つがなければ生きるのが退屈になってしまう。

だからだったのだろうか。アポストリスとわかる熱を肌に感じたとき、ジョリーは危険を冒して夫を直視した。

彼はすでに妻を見つめていた。蔓棚に張りめぐらされた電飾に照らされて、瞳は深い茶色や黒などのさまざまな色合いに輝いている。そのほろ苦くも不思議な輝きは沈む前の、太陽の最後の光に似ていた。

人々に押された拍子に、ジョリーはアポストリスら。

ジョリーは何年も得意としてきたほほえみを浮かべた。そして、ホテルにとって欠かせない存在となろうとした。

太陽はゆっくりと地平線へ沈んでいた。あたりはオレンジ色やピンク、紫色といった鮮やかな色彩に包まれている。

日がすっかり暮れると、人々が集まり、歌手は何曲か歌を披露するよう頼まれた。最初の二曲はとてもゆったりした悲しげな調子で、夜の帳《とばり》が下りるのを嘆くかのようだった。

ジョリーはまたしてもアポストリスの視線を感じた。ただし、彼は前よりも近くにいた。そして横にいた人に親しげにほほえんでから、彼女のほうへ歩いてきた。

・夫婦なら当然だわ、とジョリーは自分に言い聞かせた。たとえ体を重ねるのが目的でなくても、愛しの体に寄りかかった。本物の結婚をしていたら気にもしないことだった。

まるで今が人生でいちばん楽しいというように、ジョリーはどうにか笑みを浮かべた。そうするのがもっとも重要な仕事の一つだったから最善を尽くした。彼が肩に腕をまわして体にぴったりと引きよせても、抵抗はしなかった。そして片方の手を夫の胸に、もう一方の手を腰に置いた。

人前だからこうして触れ合っているにすぎないのに、これまででいちばん親密な行為に思える。

たぶんそれは、触れ合うのが目的ではないからだろう。

二人は馬車小屋でまたしても終わりなき闘いを繰り返していたのではなかった。これは長年連れ添った夫婦が当然のようにする、さりげない親密な仕草だった。長い時間一緒にいるために生まれる阿吽《あうん》の呼吸に似ていた。

宿泊客の前だから演技をしているだけなのに、こちらのほうが現実に思える。

曲が変わり、歌手がよりなめらかで思わせぶりな声で歌いはじめた。その曲調はうっとりするほどすてきだった。

誰もが踊り出していた。二人のまわりでも人々は二人ひと組になり、官能的な歌に合わせて体を揺らしていた。そんな状況に逆らうなど、とてもできなかった。

だからジョリーは人々にならった。

それにアポストリスの腕の中にいるのは、実に危険だけれど貴重な経験だった。音楽に感動しつつも、彼女はアポストリスの表情や熱いまなざし、そして二人がぴったりと寄り添っていることしか意識できなかった。

アポストリスがダンスの名手だとわかっても、ジョリーは驚かなかった。どこかの時点で習っているはずだから、そうであってもおかしくない。驚いたのは二人が息を合わせて踊っていたことだった。

もし私たちが言葉を使うのをやめ、弱点をさがすのをあきらめたら、完璧な夫婦になれるのかもしれない。

それでも、自分を破滅させると誓っている男性と完璧な夫婦になると想像するのは恐ろしすぎた。そこでジョリーは、この先どうなるか心配するのをやめた。

これはたった一夜の、たった一曲のこと。

ただ二人で踊る、それだけだ。

アポストリスに完全に降伏したわけではなかったけれど、ジョリーはそれに近い気分だった。本当に身をゆだねていたのは音楽にであり、頭上にきらめく明かりにであり、そのさらに上でまたたく星々の光にだった。偉大なホテルや歌手のすばらしい声にも心を奪われていた。

ジョリーはまわりの人々の喜びや興奮に同調していた。バックシンガーたちも歌手の声に合わせてテーブルをたたいたり、手拍子をしたりしはじめた。

その間ずっと、ジョリーとアポストリスは踊って踊って踊りつづけた。

それからみんなはのんびりと食事をし、浴びるほど酒を飲んだ。さらにホテルのスタッフたちも加わると、またダンスを何曲か踊って時間を過ごした。そしてようやく、ジョリーは馬車小屋に向かって歩き出した。

彼女は一人ではなかった。

アポストリスがそばにいて、腕をジョリーの肩にまわしていた。腕の重みと押しつけられた体のせいで、彼女はうまく歩けなかった。まるで自分がアポストリスの熱くたくましい筋肉の一部になったかのようだった。

どちらも言葉は口にしなかった。周囲は静まり返り、星は手が届きそうなほど近くに見えた。

アポストリスは馬車小屋に着くとドアを開け、ジョリーとともに中に入った。

そしてそのときが訪れた。それは毎夜二人を苦しめ、悩ませていた。ジョリーもアポストリスも演技を続けるのかやめるのかを決めなければならなかった。

もう少し続けるのなら、いつもはどちらかが敵意をむき出しにすればよかった。

だが今夜はそうしても無駄だった。彼は明かりをつけず、ジョリーは離れようとしなかった。

二人は暗い玄関ホールに立っていて、アポストリスがジョリーの体を自分のほうに向けた。二人は今にもまた踊り出しそうだった。音楽は必要なかった。ただ二人がいればよかった。

ジョリーとアポストリスはとても近くにいた。今夜はたくさん踊ったので、彼女はアポストリスの新たな一面を知った気分だった。息を吸うのも吐くのも苦しく、肌に彼の鼓動が伝わってくる。ジョリーの心臓はアポストリスの心臓と完全に同じリズムを刻んでいた。

「ジョリー……」彼が口を開いた。

普通ならその言葉はなにかの始まりになるはずだった。二人の間に散っている火花が炎と化したとしても、厳しい言葉や非難を口にすれば距離を置くことができるだろう。

そうすれば恐ろしい真実を知らずにすむのだ、とジョリーは気づいた。憎しみとは似ても似つかない、あるとは思ってもいなかった壊れやすいなにかがふくらんでいくのも。

惹《ひ》かれ合う気持ちも。

彼女は希望に近いものを感じた。

だからこそアポストリスが打ち砕く前に、決して口にしないと誓っていたことを口にしたのだ。特に彼には言わないと決めていた。アポストリスには好きなだけ想像させておきたかった。そのほうが真実を知られる恐れがないと考えていた。

「スピロスと私の結婚は、あなたが思っているものとは違ったの」ジョリーは言った。

腹を蹴られたように、アポストリスが息をのんだ。

「君は本気でそんな話がしたいのか？　今ここで？」

彼の声ににじむ欲望にこれ以上火をつけるわけにはいかなかった。そうしてしまったら、もう告白するチャンスはないかもしれない。

そこまで考えると、五年という月日が永遠に感じられた。「私も、あなたが想像していたとおりになると思っていたわ」ジョリーは続けた。

二人はまだ明かりをつけていなかった。おかげでジョリーは勇気づけられていた。彼女が次になにを言うか待つ間、アポストリスは緊張していた。彼がなにも言わなくても、自分に時間がないのは理解していた。私がどんな話をするとしても、アポストリスが耳を傾けてくれる猶予はあまりない。彼は二人の関係を先に進めたいはずだ。

「スピロスに会ったのがディオニと私の卒業式だったのは知っているでしょう」ジョリーは言った。

「それから彼は私に関心を持ちはじめたわ。だから、私も関心を持っていると伝えた。そのときの私にはお金がなかったけど、ディオニからこの島で夏を過ごさないかと誘われて招待を受けたの。こういうところならきっとなにか――いいえ、誰かが私の望む暮らしをさせてくれるかもしれないと思ったから」

「どんな要求もかなえてもらえる、楽で快適な生活をさせてくれるかもしれないと？」アポストリスの口調はひどく皮肉めいていた。彼は答えを知っていると思っているのだ。

「校長先生は私がどういう状況にいるのかはっきりと教えてくれた」ジョリーは暗がりにいるアポストト

リスを見た。「私が頼れるのは親切な友人たちだけだった。でもあなたも知っているように、人は切羽つまっていない相手には簡単に気前よくなれる。けれど本当に助けが必要な人たち、特にあからさまに窮地にある人たちに対してはそれほど気前よくなれないものなのよ。私はディオニに感謝したとはいえ、その先どうなるかが気になってしかたなかった。友人から友人へ渡り歩き、ときには見知らぬ人からの怪しい親切を求めていくなんて人生、自分に送れないのはわかっていたわ」

「仕事をすることは問題外だったんだろうな」

「問題外なんかじゃなかったわ」彼女は言い返した。「ここで仕事が見つかればといいと思っていた」

アポストリスが壁に寄りかかって腕を組み、いぶかしげな目を向けた。ジョリーには理解できなかった。なぜ世界じゅうの人の中で彼だけに、自分はさげすまれるようなことなどなにもしていないと証明したくてたまらないの？「では島に来てすぐ、村々を駆けめぐって仕事をさがしたんだな？」

「私にはできなかったわ」ジョリーは穏やかに答えた。アポストリスは無言だったが、彼女がなにを言いたいのかわかっている気がした。「ディオニが必死な私を見たら、出ていけと言うんじゃないかと心配だった。私はチャンスを待ち、つかむことにしたの。お父さんと時間を過ごしながらね」

「そうだろうとも」

ジョリーはため息をついた。「スピロスは私と結婚したがったわけじゃなかった。彼はつかの間の関係のほうが都合がよかったと思うわ」彼女はため息をついた。「だから、それまでつき合っていたほかの女性たちとの結婚にはまったく興味を示さなかった。そんな人が私との結婚を望むなんて、思ってもみなかったわ」

「君は父とちょっとつき合えば、望むものが手に入ると思ったんだな」アポストリスが冷ややかに言った。「年寄りにやさしくして、彼がなにを与えてくれるか見てみようとしたんだ」

ジョリーは話を始めたことを後悔した。「スピロスと私の間を取り持ったのはディオニなのよ。彼女は友達を島に置いておけたら楽しいと考えたの。私が彼の情事の相手だったらありえないことだわ。遅かれ早かれ、島を出ていくのは決まっているもの。ある夜、ディオニはスピロスと私が話をしているときに大きな声で笑って言ったわ。〝そんなに私の友人と顔を合わせているなら、いっそ結婚すればいいのに〟って」

アポストリスは、ジョリーがまた嘘をついていると言いたそうな顔をしていた。

「そのとき初めてスピロスが結婚を考え出したのかどうかはわからない。でも、それから彼の態度は変わった。そして八月に結婚を申しこんできたの。私は承諾したわ」

「当然だ。収入源ができるのに断るのは愚かだからね」

「でも、その収入源はあなたが思っているものとは違ったわ」ジョリーは話を続けた。始めたのは自分だったし、それなら最後まで終えなければならなかった。「プロポーズを受けたあと、スピロスは私をロマンティックな夜のデートに連れ出したりしなかった。私を座らせて、自分がなにを望んでいるのかじっくりと話してくれたの。私になにを求め、妻としてどういうことを期待しているのかを」

アポストリスの目がぎらついた。「そうだろうな。だが、僕は詳しく聞きたくない」

「タブロイド紙があなたについて書いた記事ほどいかがわしくはなかったわ」言い返す口調が思ったより辛辣になってしまい、ジョリーは落ち着こうとした。「言っておくと、スピロスは残念そうに私に告白したの。自分の男性としての機能はもう失われているのだと」

アポストリスが首でも絞められたような声をあげた。「冗談だろう？」

「スピロスは伝説を求めていた。若い妻がいれば世界に理想の自分を見せつけられる。鏡を見る気にさせてくれるし、宿泊客を魅了してジョークで笑わせる意欲もわく。残された時間を王のような気分で生きていける。彼は十年生きられるかどうか疑わしいと言ったわ。私は十五年か二十年は大丈夫と思っていたけど」ジョリーは肩をすくめた。「彼は私に、誰にも真実を知らせるなとしか要求しなかった。私たちの間にスピロスが思わせたかった刺激的な性的関係なんてなかったの。あなたが想像している関係も。私もほかの人たちが誤解したままでいてほしいと思っていた。真実を知られるよりはそのほうがましだったから」

「つまり……」アポストリスの声はとてもやさしかった。しかしそこには威圧感があって、ジョリーは震えあがった。「君と父が七年間も夫婦ごっこをしていたという話を、僕に信じろと？　自分の俗っぽさを近づく者に押しつけるのが好きだった父が、そんなお上品な茶番劇に興じていたというのか？　君は僕をだましやすい愚か者だと思っているのか？」

「スピロスは夫というより、上司だったの」ジョリーは静かに言った。「彼は冷酷な人なんかじゃなかった。でも私たちのどちらも、誰が主導権を握っているかはわかっていた。毎夜、彼は私の演技についてて直すべきところを指摘してくれたわ、正直に言うと、そのころのスピロスはベッドをともにすることにあまり興味がなかったと思う。俗っぽくはあったかもしれないけど。それよりは他人を完全に思いどおりに動かすほうがずっと楽しそうだった」

その支配はマティルドにまで影響していたけれど、

ジョリーはアポストリスにいとこの存在を教えたくなかった。スピロスは、ジョリーが二十四時間彼のために存在することを望んだ。彼は妻に身寄りがなく、無一文なのを喜んだ。自分の娘以外の誰ともつながりがないのも。

そしてジョリーが自分にかかりきりになり、頼りにするようにした。

ジョリーがマティルドにお金を送っていても、スピロスは気にしなかった。しかしもしいとこの存在をスピロスに思い出させたり、彼の前でいとこについて考えたりしようものなら、悲惨な結果になったはずだ。

目の前でアポストリスがとてもギリシア人らしい悪態をつぶやき、彼女は聞こえなくてよかったと思った。「考えてもみて、アポストリス」先ほどと同じ落ち着いた声で言った。「スピロスは人を操るのが好きだった。自分が吹く笛の音に合わせてまわりが踊るのを見るのがね。それが楽しいことであっても、悲しいことであっても、嫌われることであっても関係なかった。彼はただ、他人になにをさせられるかを見たかっただけなのよ」

アポストリスが顔に手をやった。そして危険な笑い声をもらし、ジョリーの体の奥を震わせた。

それから壁に寄りかかるのをやめ、ジョリーのほうに近づいてきた。

そんなアポストリスを見て、彼女は喉をきつく絞められたような錯覚に陥った。すぐそばにいる彼の表情はとても険悪なのに、自分の体はまったく気にしていなかったからだ。

これもずっと二人で踊っていたダンスの一部だと思わせてほしがっていたからだ。

アポストリスがジョリーの腰に腕をまわし、彼女を引きよせた。ジョリーは彼の胸に手をついて拒んだけれど、本当はそのぬくもりと力強さを堪能したかった。

「ジョリー」アポストリスがつぶやいた。祈りのように名前が繰り返される間、息がジョリーの唇にかかった。「君の話は信じられない」

彼女はびくりとした。崖からはるか下の海へと投げ落とされたに等しい衝撃を受けていた。「だけど――」

「ひと言も信じられないよ」声は荒々しかった。

そしてアポストリスは残された距離をつめ、ジョリーの唇を唇でふさいだ。

彼女の体の中が炎と欲望だけになった。

欲望の拳は熱く光を放ち、ジョリーを打ち負かそうとしていた。

その勢いがあまりにすさまじかったので、彼女はアポストリスが自分の話を信じなかったことを忘れたくなった。

やめるつもりがないというように、アポストリスのキスは続いた。

ジョリーもあれほどのことがあったにもかかわらず、彼にやめてほしいとは思っていなかった。

アポストリスがジョリーの背中を壁に押しつけ、つかんだ手首を頭の横で固定させた。彼女は胸をアポストリスに押しつけてうっとりした。相手の灼《しゃく》熱《ねつ》の欲望と野性的な誘惑がうれしかった。彼の腕の中にいるときだけは自由を味わえる気がした。

アポストリスの唇はジョリーの唇をむさぼっていて、彼女は自分も同じことをしなければと思った。アポストリスを押しのけて武器を手に取り、彼に向けて撃ちはじめるべきだと。

スピロスと結婚後あらゆることに対処してきたように、このキスにも対処するべきだった。スピロスからは〝君には腹がたつほど威厳があるな〟と言われていた。七年間一緒にいても、彼がジョリーの威厳をだいなしにしたことは一度もなかった。

心に張りめぐらした壁を越えたこともなかった。

彼女はスピロスの操り人形となってほほえみつづけた。ただの一度も彼に心は許さなかった。スピロスが自分を愛していたのか、それとも憎んでいたのかは最後までわからなかった。

けれど、今も威厳を保てるかどうかは定かではなかった。アポストリスが相手では。

彼はジョリーをのみこまんばかりにキスをしていた。彼女は嘘つきだから信じていないと面と向かって言うくせに、唇を重ねていなくては息もできないかのようだった。

ジョリーはどうすればいいかわからなかった。

だからアポストリスにキスを返して、自分に言い聞かせた。私は希望なんて感じていない。正直に言うなら、私はずっと彼に惹かれていただけだ。出会った日から、アポストリスは私を嫌っていた。その感情を隠そうともしなかった。

彼とのそんな関係に、私は興奮を覚えていた。

今夜はそれを認めることができた。

私はこの先五年間、この人と結婚していなくてはならない。でも真実を告げても、夫は信じなかった。

ジョリーはアポストリスにキスを返して舌をからめた。今回は逃げられなかったけれどかまわなかった。もしかしたら、私はずっとこの人とベッドに行きたかったのかもしれない。

七年間ずっと。

だからアポストリスがジョリーを抱きかかえて階段をのぼり、足を踏み入れるのをあれほど拒んでいた主寝室へ入っても逆らわなかった。

希望が持てないのなら、せめて彼を手に入れよう。

どんな形でもいいから。

8

アポストリスはジョリーの言葉を信じなかった。

しかし、ついにやってきた最高の戦場に言葉は必要なかった。言葉は最悪の結果をもたらすだけだ。

二人の間にはどちらも否定していた不変の真実――欲望だけがあった。

ジョリーをベッドに横たえた彼は、自分の内側に明るい光が生まれているのに気づいた。彼女がいるだけで大きななにかが輝いているかのようだ。それは理にかなっていた。結婚から逃れる方法はないとしぶしぶ認めたときから、遅かれ早かれこの瞬間がくるのはわかっていた。

そして今、そのときがやってきた。

アポストリスはジョリーを唇で味わった。そしてキスによって新たな真実に気づいた。

彼は自らの内側にある大きな輝きと、セックスに対する貪欲な要求と、彼女を長く求めすぎたという単純な事実と格闘しなければならなかった。

それらは互いに争っているかのように渾然《こんぜん》一体となっていた。

もし僕がほかの男だったら、訪れたチャンスに動けなくなっていたかもしれない。

しかし、アポストリスはこのために人生があったかのように感じていた。彼女のために。

ジョリーが後ろに肘をついて体を起こし、アポストリスの脳裏から消えることのなかったブロンドの髪を振った。彼女の話をあまり深く考えなかったのは、信じられなかった以外にも理由があったからだった。

父親についてなど、今いちばん考えたくなかった。

誰のこともごめんだ。

考えるほうがどうかしている。

「考え直したの?」ジョリーが皮肉っぽくきき、アポストリスはさらに興奮した。まるで情熱の炎をさらに燃えあがらせる必要があったかのようだった。「それとも……」彼女が慈悲深くほほえんだ。「大丈夫、誰にでもあることだわ。そういうときはなにをしてもうまくいかないものなのよね」

ベッドにのぼって彼女の横に寝そべりながら、アポストリスは言った。「話をするのは終わりにするよ、ジョリー」

そして反論される前に、もう一度唇を奪った。

今度こそ、たとえ世界の終わりがきたとしても、二人をとめることはできない。

僕は最後まで見届けるつもりだ。

アポストリスは何度もジョリーにキスをし、彼女が激しくキスを返すさまを記憶に焼きつけた。妻の唇がいつどのように自分の唇をとらえるのか、いつどのように要求が性急になり、体を押しつけるのかを。今はテラスにいたときと違って、まわりに人はいなかった。

このダンスは前よりもっと親密だった。見ているのはアポストリス一人だった。

ジョリーの手が前と同じくアポストリスの体を撫《な》でた。しかし今回は、ジョリーがボタンをはずしたシャツを左右に開いてその間に顔をうずめたので、アポストリスは彼女のやわらかな胸が押しつけられるのを感じた。

ジョリーの口から、長い間待ちわびていたというような喜びのうめき声がもれる。

アポストリスはズボンに手をかけたジョリーを制止して抱き起こすと、彼女を自分の体の上に脚を開かせて座らせた。それからジョリーが着ていたワンピースの裾を持って脱がせ、ついに素肌を目にした。

その光景はプールサイドやボートで日光浴をするビキニ姿のジョリーとは違っていた。

なんといっても、今回はジョリーに触れていた。彼女はまるで極上のごちそうだというように、アポストリスの前で下着姿をさらしていた。

なによりも最高だったのは自分のいちばん硬い部分がジョリーの腿のつけ根に押しあてられ、いちばんやわらかな部分に触れられてため息をつく彼女を見られたことだ。

彼を見つめるジョリーの瞳はこちらの胸が痛くなるほど青かった。

だが、アポストリスはその痛みを楽しんでいた。抑えきれない衝動を抑えながら、彼はジョリーの髪に手を深く差し入れた。そしてしばらくの間、なにも考えなかった。

まずは感じたかった。

ジョリーの髪は温かなシルクのようにアポストリスの指の間をすべり落ちていった。彼が指を曲げると、ジョリーの頭が後ろに傾き、ほっそりした喉があらわになる。彼は唇でジョリーの顎をなぞり、彼女の激しい脈動を味わった。

ジョリーが腰をくねらせたとき、声をあげたのがどちらなのかはわからなかった。しかし、アポストリスの体にはとてつもなく強烈な快感が突き抜けた。彼女も同じものを経験しているはずだった。

片方の手でジョリーの髪をとらえたまま、もう一方の手を胸に伸ばし、ブラのホックをはずした。それからブラを脇に放り投げ、ついに想像するしかなかった豊かな胸に触れる。アポストリスは親指で片方の胸の先をやさしく撫で、もう一方に口づけした。

想像していたようにジョリーが背を弓なりにし、口と手に胸を押しつけて喜ぶと、感謝の声をあげた。

硬くなった胸の先を刺激されるたびに、ジョリーは喉の奥からくぐもった小さな声をもらし、体を揺らした。アポストリスは彼女の緊張を正確に感じ取った。そして彼女が震えはじめ、目を閉じて叫んだ。すっかり我を忘れたジョリーを見て、彼はこれ以上自制心を保っていられるか心配になった。

まだズボンをはいていたが。

アポストリスは震えるジョリーを抱きしめると、とりとめもなくギリシア語をささやきながら彼女の体にキスをしていき、ふたたび髪を指ですいた。それからいつものようにジョリーの美しさに感嘆しながら、完璧な顔にかかった髪をどけた。

今夜は彼女の奔放さも称賛していた。

ジョリーが目を開いてアポストリスを見た。彼女の瞳ははっとするほど鮮やかな青で、心の奥底に傷をつけられたような錯覚に陥った。彼はもう一度ゆっくりと深くキスをした。

自分の傷とジョリーの奔放さを意識しながら、時間をかけて激しい欲望の丈をキスにこめた。それから彼女を仰向けにしてショーツをはぎ取るという甘い作業に取りかかり、薄手のレースを脇へ放った。

ふたたびジョリーの体を下へと撫でていったが、今回はすばらしい胸にはあまり注意を払わなかった。彼女の腰のくびれを楽しみ、へそに触れるのも忘れなかった。

ついに脚の間へ手を伸ばすと、ジョリーは予想以上に準備が整っているとわかった。

彼女の震え方は前と同じではなかった。

「アポストリス――」

衝動に駆られ、アポストリスはジョリーの両脚を大きく開いて肩をその下に入れた。両脚を自分の背中にかけさせ、やわらかくおいしそうなまるいヒップに手を広げて彼女を味わう。まるでジョリーを生きたまま食べているかのようだった。

本当にそうしていたのかもしれない。

二人の間に言葉はなかった。あるのはジョリーの甘い味と、二人の喜びのみだった。

ジョリーがアポストリスの口に体を押しつけるさまも、腰を官能的にくねらせ。ふたたび激しく震えるようすもすばらしかった。顔を上げて見た彼女はまるで女神だった。両腕を頭の上に投げ出し、背を弓なりにし、もう限界だというように唇を開いている。彼も同じだった。

アポストリスは慎重に、だが徹底的に欲望の火をかきたてつづけた。

ジョリーのもっとも敏感な中心に軽く歯を立てると、彼女が悲鳴をあげた。そして何度も胸をそらせ、体をわななかせた。

ベッドから出たアポストリスは服を脱いだが、自分の手がわずかに震えているのに気づいて驚いた。まさか、僕もジョリーと同じくらい我を忘れているというのか？

おまえもそれほど冷静じゃないぞ。アポストリスの中でなにかがささやいた。

だが、心配をしている暇はなかった。裸のジョリーが僕のベッドの上で震えているのだ。

アポストリスはベッドに戻り、ジョリーにおおいかぶさった。彼女の脚の間に身を置き、まだ唇に妻の甘い味が残る中、ついに自分のいちばん硬い部分をやわらかな場所に押しあてた。

ずっと味わいたいと憧れ、夢見ていた。ジョリーと一つになりながら、彼は過去の自分に思いをはせた。

ジョリーの目はとろんとして焦点が定まっていなかった。めざすところを察したのか、体が熱をおび、紅潮していく。

自分が必死に理性にしがみついていると、アポストリスはジョリーに知られたくなかった。

彼女が苦しげに息を吸い、両手をアポストリスの首にまわした。

アポストリスは、ジョリーが辛辣な言葉を口にするのを待った。どうすれば冷静になれるのか、彼はよく知っていた。

ジョリーはなにも言わなかった。青い瞳にはアポストリスと同じ熱い期待が浮かんでいた。

勝利感というよりはうやうやしさにはるかに似たものを感じながら、彼は妻であるジョリーの中へ深く押し入った。

彼女は僕のものだ、となにかが声をあげた。

そのとき、ジョリーが勢いよく息を吸った。アポストリスの下で彼女の体がこわばる。

アポストリスは固まった。

彼女の目はきつく閉じられていた。強く締めつけられている場所を意識しながら、アポストリスは身じろぎもせず待った。

「深呼吸をして」彼は静かに言った。「すまなかった。君にとって久しぶりだったとは思わなかったんだ」

ゆっくりと、慎重に、ジョリーが落ち着きを取り戻すのがわかった。彼女が首に爪を食いこませるのをやめるまで、アポストリスはそんなことをされていたのにも気づいていなかった。

しかし楽観的でいたのも、ジョリーが目を見開くまでだった。「ジョリー……」そう呼びかけたあと、言葉を続けられなかった。

なぜなら彼女の目は……大きく見開かれ、はっきりと涙がきらきら輝いていたからだ。言葉は一つもなかった。

それでもアポストリスは理解した。

ジョリーの緊張ぶり。こわばった体。ほかの人なら声をもらすところを、彼女は一度息を吸っただけだった。二度至福を味わっていても関係なかった。

アポストリスは信じられなかった。信じたくなかった。「君はバージンなのか」声に感情はなかった。

ジョリーがまたしばらく目を閉じ、彼はどうしてこんなにまつげが長く豊かな人がいるのだろうと不思議に思った。彼女が目を開けたとき、そこにきらめく涙はもはやなかった。

代わりに、先ほどはなかったなにかがあった。ジョリーにあるとは思わなかったもろさが。心につけられた傷がさらに深くなり、ずきずきと痛みはじめる。

アポストリスはゆっくりと身を引き、また進めた。しかし、今度はジョリーの反応を観察した。彼女が息を吸い、軽く吐く。

そして体を震わせた。

わずかだが、たしかに喜びを感じていた。

「痛みは一瞬のことらしい」アポストリスは言った。「これから僕たちでそれを証明しよう」

「私とあなたって〝僕たち〟なんて言える関係なのかしら?」ジョリーが彼女とは思えないほどくぐもった声で尋ねた。「私が初めてだという証拠があってよかったわ。信じてもらう必要も、疑われる心配もないんだもの。ただ――」

「しいっ」彼はささやいた。「僕に喧嘩《けんか》を売らないでくれ、ジョリー。今だけは」

それでも彼女がなにか言いそうだったので、アポストリスはキスをした。

それは以前とは違っていた。懺悔《ざんげ》の言葉を伝えているかのような気分だった。

彼はそれ以上ジョリーの中へ身を沈めることなく、何度もキスをしつづけた。

彼女がゆっくりと少しずつ動くのを感じて、アポストリスの胸に安堵《あんど》に近いものが広がった。妻の腰がいろいろな角度に動く。体が持ちあがり、またもとに戻る。

時間をかけて慎重にアポストリスはジョリーに慣れさせ、喜びを得る方法を見つけさせた。

そしてジョリーが顔をしかめ、一緒に動いてくれというように爪を彼の肌に立てるまで、彼女の欲望が高まるのを待った。

しかしアポストリスがようやく主導権を握り、深く体を押し進めると、ジョリーは瞬時に身を引いた。

それでも彼は自分を抑え、くるおしいほどゆっくりとした動きを安定して続けた。すると、彼女が先ほどよりも奔放に腰を揺らした。大きく見開かれた目はあまりにも青かった。

ついにジョリーは僕にどう応えるかを学んだ。喜びを長引かせ、加速させる方法を。

驚くべき女性だ。そんな彼女が僕の妻なのだ。僕だけのもの。永遠に。

そう思ったとたん、アポストリスは冷静さを失った。腰の動きが勝手に激しさを増し、ジョリーをもう一度のぼりつめさせる。

初めて彼は自らの欲望に屈して、完全に我を忘れた。

ジョリーがアポストリスのそばで目を覚ましたのは、夜もすっかり更けてからだった。家の明かりはまだ一つもつけていなかったので、ベッドを照らすのは窓の外に高くのぼった月だけだった。

彼女がこちらを見る目は恥ずかしそうだ。

多くの辛辣な言葉が頭の中に渦巻き、思わず口にしそうになったが、彼はなんとかこらえた。

そしてジョリーを抱きあげ、シルクのような肌触りを楽しんだ。浴室でもまだ明かりはつけなかった。アポストリスは彼女を広々としたシャワールームに連れていき、そこにあるベンチに座らせた。水圧と温度を調節し、自分もベンチに座ってからジョリーを脚の間に引きよせ、胸にもたれかからせた。

それから時間をかけてジョリーを洗った。彼女の体が心配だった。そして先ほどとはまったく別の方法で妻をあがめた。

腿に血の跡を見つけたときはそれを洗い流し、後悔の言葉をつぶやいた。

しかしギリシア語だったので、ジョリーが理解したとは思えなかった。

あえて妻にちらりと目をやると、彼女はアポストリスの胸にもたれかかったまま首を傾け、聡明《そうめい》そうな青い瞳でこちらを見つめていた。

「血のついたシーツを掲げて島じゅうをパレードしなくていいのね？」ジョリーがつぶやいた。「私にとってはよかったわ。あなたにとってもそうだったのかしら？」

言い返す言葉ならいくらでも思いついたものの、アポストリスは口にしなかった。「君にはずっと自分を証明する手段があった。理解できない。なぜ早く使わなかったんだ？」

「あなたに証明する必要なんてないもの」ジョリーが静かに答えた。「相手が誰であっても必要ない」

「君は、僕に悪く思われているほうがいいというのか？」

「アポストリス」夫の名前を呼ぶのが好きなのが伝わるような言い方で、ジョリーが口にした。彼も妻の名前を呼ぶのが好きだった。ほほえんでいても彼女の目は笑っていない。「私は真実を知っている。それは変わらないわ。だから、あなたが私をどう思っていても関係ない」

彼は自分の中の光がふたたび明るさを取り戻すのを感じた。ジョリーの言葉が心に響くのがいやで、もう一度キスをしようと彼女の顔を引きよせた。

だがジョリーは笑いながらアポストリスを押しのけ、振り返ってベンチに座る夫と向かい合ったので、彼は驚いた。

「あなたは自分に問いかけるべきよ。なぜ自分たち男性には女性の嘘《うそ》が見抜けないのかって。それって男性は嘘をつかないから？　それとも口を開いても意味のないことばかり言うからかしら？」

「嘘つきなのは僕じゃないぞ」

「あなたはまだ私を嘘つきだと思いたいのね」ジョリーが言った。「私の潔白を信じても屈辱にはならないでしょうに」

驚いたことに、ジョリーが手を伸ばしてアポストリスの興奮の証を撫でた。それから膝立ちになってもう一度自分の中へいざなうと、彼はベンチの端をつかんだ。

暗いシャワールームに湯が降りそそぐ中、二人は荒々しく歓喜の声をあげた。

それからさらに時間がたってからアポストリスは目を覚まし、月明かりを浴びて彼の腕の中に横たわるジョリーのブロンドの髪を見つめた。

ジョリーがつねにその場所にいるのは当然に思えた。

呼吸が苦しくなったのは、妻の腕が体にまわされていたせいではなかった。

ジョリーはバージンだった。僕はあまりにも多くの事柄から目をそらしていたのだ。

呼吸がますます苦しくなり、朝が近づいても楽になることはなかった。

眠るジョリーを抱きしめて、アポストリスは二人がこれまでに交わしたすべての会話を反芻《はんすう》し、妻にはこれまで経験がなかったという手がかりを見つけようとした。僕はなぜ気づかなかった？　どうして彼女を完全に誤解していたんだ？

太陽がのぼり、青と金色の完璧な一日が始まるころ、アポストリスは窓辺へ移動した。背後のベッドで彼女が動く音が聞こえたので振り返ると、ひと晩じゅう苦しかった呼吸がようやく楽になった。

解決策が見つかってほっとしていた。

ジョリーが顔から髪を払いのけながら起きあがった。青い瞳は警戒するようにアポストリスを見つめる。

そのあまりの美しさに怒りに似た感情がこみあげてくるのを感じながら、彼はジョリーを見つめ返した。彼女は今もまだ夢に出てくる姿そのままだ。長い夜が明けて少し寝乱れているものの、相変わらず品がある。

この女性と一緒にいたら、僕は死んでしまうかもしれない。

そのときは彼女も連れていく。

とはいえ、僕にはジョリーから離れる方法を考える時間が五年もある。

アポストリスが無言で見つめていると、彼女の視線に宿る警戒心が強くなった。

しかしもしジョリーが昨夜のように泣き出すと予想していたのだとしたら、彼は間違っていた。顔をそむけると思っていたのに、彼女はそうする代わりに背筋を伸ばした。その姿は、夫は妻の機嫌を取るべきだと考えているかのようだった。

彼はジョリーがなにか言うと思った。しかし、彼女はただ待っていた。シーツで隠すこともなくただベッドの上に座り、美しい体を見せつけていた。

自分がどう見えるか、よく知っているのだ。

目が覚めて新しい武器を手に入れたと思ったのは、僕一人ではなかったらしい。

「ひと晩じゅう自分を責めていたんだ」アポストリスは話しかけた。

「あなたが?」ジョリーが首をかしげた。「顔を見る限りでは、その作業は終わったようね」

「ゆうべまで君はバージンだったのに、どうして悪女だと思っていたのかと」

賢明にも、彼女は返事をしなかった。

「だが」アポストリスは間を置いてからやさしく言った。「僕が知っている真実と、君が時間をかけて語ってくれた多くの話をふるいにかけて、わかったことがある」

「あなたのお父さんがひどい人で、周囲にいたすべての人を不幸にしたこと？」ジョリーの口調は明るかった。

「それは自明の事実だ」アポストリスはベッドに近づき、ジョリーを見おろした。そうしたのはただ、彼女が自分を見ようと頭を後ろに傾けるさまが好きだったからなのかもしれない。もしかしたら今も勝ち気な目で自分を見ていることがうれしかったのかもしれない。「しかし、それでは金の問題が説明できない」

ジョリーが電気ショックでも受けたかのようにびくりとし、アポストリスは満足した。

ついに僕たちは慣れ親しんだ闘いに戻った。彼は深い喜びを覚えていた。

「言うことはないのか？」低い声でジョリーを嘲笑する。「説明することは？」妻の態度に悲しみをこめて首を振ったが、心は正反対だった。「どうやら僕は自分で答えを出さなければならないようだ」

ジョリーが膝立ちになった。その顔は紅潮している。あれは怒りのせいだ、とアポストリスは思った。彼女を傷つけたとは考えたくなかった。

彼女がアポストリスに指を突きつけ、ありえない提案をした。声は今までいちばん明瞭で、冷たく、穏やかだった。

「いいね」アポストリスはつぶやき、ジョリーを抱きよせた。「お安いご用だ」

そして彼は妻をベッドにもう一度横たえ、熱いセックスという闘いの中へ戻った。

9

すべてが変わった。

またしても。

けれど今回の世界の終わりと始まりを、ジョリーは夢の中に閉じこめられたようだと感じていた。その中では昼は長く金色に輝いていて、空はありえないほど青く、そして夜は一生続くのではと思うほど熱くすばらしかった。

体を重ねる行為については理解しているつもりだった。女性がどう感じるのかも想像してわかった気でいた。

ところがどういうことをするのかについて知っていても、その本質についてはなにも知らなかったと気づかされた。ベッドでの親密さにはとてつもない衝撃を受けた。それはジョリーの心を弱くし、すさまじい欲求を芽生えさせた。抑えつけるのはむずかしく、想像を超えていて、すべてに影響を及ぼした。ジョリーはこれまで自分の中にあるとは思わなかった感情がすぐそこまで迫っているのを感じていた。なにもかもを揺るがし結婚生活をおびやかしかねなかった。

一方でホテル・アンドロメダでの日常はいつもどおりだった。

ジョリーはいつもどおり仕事をこなした。変わらぬ笑みを浮かべ、親切な女主人を務めながら必要なものが所定の場所にあるか確認した。宿泊客のいないオフィスではアポストリスと向かい合い、売り上げや売掛金と買掛金のこと、スタッフのこと、業者のことなどについて話し合った。

宿泊客を満足させホテルを存続させるために、人前での二人はつねに幸せそうな新婚夫婦を演じた。

ただ馬車小屋に戻ると、彼らは豹変《ひょうへん》した。

家に三歩と入らないうちに、互いの服は脱がされた。二人は上になり下になりしては、舌や歯で愛撫《あいぶ》し合ったり、肌に指を食いこませ合ったりした。互いが互いのごちそうになりたいのか、それともただ欲望に溺れたいのかはわからなかった。

ただ、その荒々しく性急に喜びを求める行為はいつも信じられないほど完璧だった。

ジョリーは今まで映画を見たり小説を読んだりして思っていたこととは裏腹に、アポストリスの前にひざまずくのが好きなのに気づいた。興奮の証《あかし》に口づけし、彼がもらす声を聞くのを気に入っていた。

この炎のような欲望にのめりこんでいるのは自分一人ではないとわかったから。

アポストリスは手で触れても舌で味わっても最高に男らしかった。

ジョリーは彼にすべてを許していた。馬車小屋の暗闇の中での二人は、まるで互いへの欲望だけでできているかのようだった。

日に日に冷静さを取り戻すのがむずかしくなっていたけれど、ジョリーはそうなるのを予想していた。代償なしにこれほどの快楽を経験できるはずがない。

〝これは憎しみのセックスだ〟ある夜、アポストリスは背後からジョリーと一つになり、両手で彼女の腰をつかみながら何度も押し入った。〝僕たちにはこういう五年が待っているんだ、いとしい妻よ〟

五年もと考えた瞬間、ジョリーはのぼりつめた。

その後、彼女は夫婦のベッドで目を覚ました。体にはアポストリスの腕がまわされていて、私はこのままでいいのかしらと考えた。こんな常軌を逸した日々に耐えられるとはとうてい思えなかった。

けれど、ジョリーは耐えなければならなかった。選択の余地はない。この激しい情熱の向こうには大事ないとこがいるし、すでにここまでこうして生きてきた。もう後戻りはできない。

しかし時がたつにつれて、不思議なことに自分が壊れるのではないかとジョリーが恐れていた原因は、長く情熱的な夜ではなくなっていった。

それは毎日、実際の関係とはまったく異なる関係を演じることだった。宿泊客もいるテーブルの向こうからアポストリスに見つめられること、椅子の背もたれに腕を置いた彼が妻の肩を親指でそっと撫《な》でることだった。

二人は今も踊っていた。その欲望の炎の明るさは頭上に広がる満天の星すら及びもつかなかった。

私とアポストリスは欲望によって結び合わされ、からまり合っているのだ。ジョリーはそう考えようとした。

そのことに彼も私と同じくらい驚いているの？こんな事態になるとは予想していなかった？

私たちはどちらも今の状況にショックを受けているのだろう、とジョリーは思った。だから喜んで相手を受け入れ、一日一日を大切にしている。

しかし自分にいくら言い聞かせていても、アポストリスに尋ねてみる勇気はなかった。

「ホテル・アンドロメダがめちゃくちゃになったという知らせを、私はずっと待ってるの」ある日、めずらしく電話をかけてきたディオニが言った。「それか、あなたたち二人がお互いをめちゃくちゃにしたという知らせを」

友人らしくない口調だったけれど、ジョリーは理由を聞きたくなかった。なぜなら、言いたいならディオニは言っただろうからだ。ジョリーは張りつめた会話をなんとかやり過ごそうとした。友人と話ができるのはうれしかった。「ホテル・アンドロメダはまだ立っているわ」ジョリーは笑った。「信じて」

「いいことだわ」継娘から義理の妹になったディオ

ニが言った。背後ではかちゃかちゃ音がしていた。金属製のスプーンでコーヒーでも乱暴にかきまぜているのだろうか？「あなたは幸せなの？」

ジョリーは友人に一部でもいいから真実を告げたかった。ディオニが島を出ていってからあったあらゆる罪深い出来事を打ち明けて、心の重荷を下ろしたくてたまらなかった。

けれどできなかった。

ディオニはアポストリスを尊敬していたからだ。彼女にとって兄はいろいろな意味で神に等しい存在だった。小さいころは面倒を見てくれたし、困ったときは助けてくれた。ジョリーがアポストリスに出会うずっと前から、ディオニからは彼の話をたくさん聞かされていた。

もちろん、ジョリーはディオニが知っているアポストリスを知らなかった。それは彼が妹にだけ与えた贈り物だった。

ジョリーが知るアポストリスはいつも業火以外の何物でもなかった。

兄を神か英雄だと思っているディオニに、どうしたら実は彼も一人の男性だと伝えられるだろう？とてつもなくすばらしい、信じられないほど魅力的な男性だと。

兄の印象を汚さず、夫婦の関係をなにも知らない友人に説明するにはどうしたらいい？

ジョリーには見当もつかなかった。

ディオニにとっては、私とアポストリスが敵意に満ちた結婚式のあとで大人になり、今はそれなりに満足していると考えるほうがいいはずだ。

「私は幸せの専門家じゃないわ」ジョリーは口を開いた。「でも毎日なにがあったとしても、明日はくる。ありがたいことだわ。太陽がのぼって沈むならそれでいい」

ディオニが二つの海を越えたところから笑った。

「すてきな言葉ね。あなたは感動的な話を提供するビジネスを始めるべきだわ。カードを書く人にぴったりな言葉を考えてあげるビジネスでもいいわね」

「あなたは幸せなの？」

ディオニが息をのんだのがわかった。「私はアドリアナキス家の人間よ」少しして彼女が口を開いた。「私たちの体には血と一緒に幸せも流れているの。ホテル・アンドロメダを訪れたことのある人にきいてみて。幸せになれるから行ったって言われるから」

ジョリーはアポストリスと使っている部屋の窓辺に座り、青い空と紺碧《こんぺき》の海の境界線を眺めて顔をしかめた。二人とも質問には答えていなかった。

ジョリーにとってこの結婚生活は挑戦だった。ディオニに言ったことに嘘《うそ》はない。アポストリスとベッドをともにすると決めたのも、彼が身のまわりの品を主寝室に移動させるのを許したのも私だ。それを譲歩とは思わなかった。

それなら、なぜ私はうれしくないの？

憎しみがあってもなくても、二人のベッドでの行為は並はずれていた。ジョリーにはよくわからなかったけれど、二人が経験したものに近い話は聞いたことがなかった。のぼりつめるたび、アポストリスはいつも驚いた顔で彼女を見つめた。ときどき、彼は妻の耳元でこうささやくことがあった。

〝僕は君に殺されそうだ。どちらもこんなことに長くは耐えられないだろうな〟

〝君は現実に存在するのか？〟昨夜はそう言った。ギリシア語だったので、ジョリーは理解できないふりをした。アポストリスをあざむきたかったわけではない。言葉の問題ではなかった。彼女がギリシア語は理解できないとにこやかに告白すると、人々はおもしろがった。そしてジョリーを愚かだと思うと、宿泊客や島の住民は肩の力を抜いて接するようになった。

多くの女性がどんな理由であれ、自分を卑下してはいけないと思っている。けれどジョリーの考えは違っていて、武器になるならなんでもよかった。

わずかな天候の違いがあるだけの日々が過ぎていき、アポストリスのささやく言葉はより激しさを増していった。〝これ以上は耐えられない。君はどうしようもない女性だ〟

毎夜、二人は新たな情熱の炎を燃やしていた。必ず話をしたわけではなかった。ベッドで過ごす時間についての語り合いもなかった。

しかしジョリーはアポストリスと見つめ合うたび、体に傷をつけられている気がした。二人きりでいても、宿泊客の前で新婚夫婦を演じていても全身が傷だらけのような錯覚に陥った。

ときどきアポストリスは妻の手を取り、指の関節にキスをした。すると彼女ははっとし、ついで鳥肌が立つほど震えた。

夫の唇の感触は刃物と同じ痛みを肌にもたらした。自分のものだというしるしをつけられたようだった。

テーブルを囲む人々にアポストリスをほめそやされて、彼らの称賛を信じそうになることもあった。実際の彼がどういう男性なのかよく知っているのに。二人の間になにがあるのかも。

〝言うまでもなく、妻は美しい人です〟ある夜、アポストリスが宿泊客たちを魅了しながら言った。〝しかしジョリーは長年私の父と結婚していたので、その美しさに対する私の評価はホテルに対するものと区別がつきませんでした〟優美なホテルを手を振って示す。〝それでよかったと私も彼女も思っています〟ジョリーに向けるまなざしは温かな愛と情熱に輝いていて、彼女は現実を忘れそうになった。

〝なぜならもし私たちがそのとき惹《ひ》かれ合っていたら、今こういう関係にはなっていなかったでしょうから。不思議なこともあるものです〟

〝信頼ほど大切なものはないわ〟宿泊客の一人がうっとりしたため息をついた。

アポストリスが静かに言った。〝もっとも大事なものは、ありふれた光景の中に隠れているのかもしれませんね〟

ジョリーは長い年月をかけて身につけた心の鎧《よろい》を誇りに思っていた。しかし今、心は彼女を裏切っていた。祖父の死後、壊れてばらばらになってしまったと思っていたのに、哀れな心はまだどこかにあったらしい。

その心はアポストリスとの生活の中で、なにがあっても希望を持ちつづけた。

夜がくるたびジョリーはホテル・アンドロメダのテラスに座り、綺羅星《きらぼし》のごとく華やかな人々と笑い合った。そして、星がいくつも自分の中で輝いているような思いを味わった。その輝きがあとで奪われてしまうのはわかっていた。

アポストリスの甘いまなざしや愛にあふれた仕草、美しい感情のやり取りといったすべてには代償が伴っていた。

そして彼は毎夜、その代償を要求する達人だった。

それでもジョリーは朝がくると要求された代償を忘れた。希望を捨てられず、胸がときめくのをとめられなかった。頭の中は〝もしも〟という考えでいっぱいだった。

もしも二人が本当に、宿泊客の前にいるときのように愛し合っていたら？

もしも真実が宿泊客たちに語る、自分たちのことはとても思えないロマンティックな話どおりだったら？　憎しみのセックスと夫は呼ぶけれど、私はいやだと思ったことが一度もない。

もしもアポストリスが和解の申し出をしてきたら？　でも、私は彼の父親と結婚していた。それなら私のほうから和解を申し出るべきなのかもしれない。

いったんそういう思いが頭に浮かぶと、哀れな心の後押しもあってほかにはなにも考えられなくなった。あまりに心地よい考えで、ジョリーは勇気を出してみる気にさえなっていた。

「今日はぼんやりしているんだな」ある朝、いつものように新しい宿泊客へ挨拶するためにスタッフを待っているとき、アポストリスが言った。彼のまなざしは燃えるように熱かった。「ゆうべ、声がかれるほど叫んだせいだろう、かわいそうに」彼は少しも申し訳なさそうではなかった。

昨夜の一部始終がよみがえり、ジョリーは頬が紅潮するのを感じた。何度も夫と夜をともにして、もう乙女らしく赤面する段階は過ぎていた。慎み深さが残っているほうが不思議なくらいだった。

顔を赤らめたのは羞恥心からではなく、期待感からだったのかもしれない。二十四時間たてば、また夜がやってくるのだから。

哀れな心に促され、ジョリーは口を開いた。「考えていることがあるの……」

しかしその瞬間、長年にわたる自衛本能が強く働いた。誰かに口を手でふさがれたような錯覚に陥り、脈が速くなって全身が緊張した。

本当にすべてを危険にさらすつもりなの？　アポストリスは失うものが一つもないのに？

「僕は君がなにも考えられないときのほうが好きだな、いとしい妻よ」彼がいつもジョリーの欲望に火をつける口調で言った。新しい宿泊客のあらゆる要求や好みを予測し、それをうわまわるサービスを提供するためにスタッフが集まってきたとき、彼女は自分が感謝しているのか絶望しているのかわからなかった。

しかしアポストリスに話してはいけないことを話

したいという衝動は消えなかった。

決断できなかったのは、彼に打ち明ける理由が正しいのかどうか判断がつかなかったせいだった。私は本当に夫を信頼できると思っているの？　彼にはまだ私に隠している秘密があるかもしれないのに？

初めて結ばれた夜、私が叔母夫婦にお金を送っていると言い出したのはアポストリスだった。それ以来、彼がその話題を口にしたことはない。忘れてくれているのだとしたら、とてもありがたいのだけれど。

いいえ、忘れているわけがない。ありえない。それどころか、彼は私を許す気さえかけらもなさそうだ。

それでも、ジョリーの胸はずっと高鳴っていた。

その夜、アポストリスは宿泊客の一人と遅くまで話しこんでいたので、ジョリーは一人で馬車小屋に向かった。そんなことは久しぶりで、開放的な気分だった。彼女は頭を後ろに倒し、満天の星を見あげて潮風を胸いっぱいに吸いこんだ。玄関ホールに入り、明かりをつけて、壁に飾られた写真をあらためて見てみる。そこにあったのは時間の経過と何人もの人生だった。しかしなんの説明もなく、それ以上はなにもわからなかった。

ジョリーは写真の一枚一枚を眺め、どれがただのポーズでどれが心の内を表しているのか考えながら廊下を進んでいった。すると、ある一枚の写真に目がとまった。

それはホテルが立つ崖の下の浜辺で、少女の手をしっかりと握るアポストリスの写真だった。少女はディオニだ。

写真のアポストリスは十二歳くらいだろうか。ディオニはまだ幼かった。彼は明らかに愛情を持って妹を見つめていて、ジョリーの鼓動が少し速くなった。数年前、初めてこの写真を見たときも、彼女は今と同じ反応をした。当時はディオニが語るような兄が欲しかったからだと思っていた。

私はずっと自分を守ってくれる人を求めていた。でもそんな人を見つけるより、マティルドを守る人になろうと決心したのだ。遠く離れていても、できる限り。

今はこの写真に違った印象を抱いていた。アポストリスのことは本人に会う前からよく話を聞いていた。兄はディオニのお気に入りの話題の一つだったからだ。スピロスと出会う何年も前から、ジョリーはディオニの兄について――無関心な父親とは違って決して彼女を失望させないアポストリスについてしょっちゅう聞かされていた。

〝兄は最高の人なの〞ディオニは何度もそう言った。

背後でドアが開く音がして、ジョリーは振り返った。現れたアポストリスをディオニの話に出てくる彼と重ねて、悩みの種でも敵でもない男性として見ようとする。

公の場ではジョリーをはかり知れないほど大切な人として扱いながら、二人きりになると彼女に憎しみをむき出しにする男性ではないと。ほかの誰よりも親密な関係にある妻に。

アポストリスはすべてが矛盾している。

しかし、人生とはそういうものではないだろうか？　ジョリーには一つの信念があった。見当違いであったとしても目の前にある多くの道の中から一つを選べば、それが正しい方向になるはずだという信念が。

心臓は肋骨《ろっこつ》にぶつからんばかりの勢いで打っていた。「話したいことがあるの」近づいてきたアポストリスに、彼女は言った。

彼は歩みをとめなかった。表情がより恐ろしげになったのは気のせいだろうか。

最後にもう一度、ジョリーはディオニとアポストリスの写真を見た。そして彼の先に立って進んでいき、明かりをつけていった。これから起こることはいつもとは違うと夫に知らせたかったのかもしれない。

鮮やかな色彩の空間を歩いていき、座り心地のよい椅子の一つに腰を下ろした。その椅子を選んだのはアポストリスと一緒には座れない大きさだからだった。

彼は私の意図をはっきり読み取っているはずだ、とジョリーは確信していた。夫の暗く陰った目はわずかに細くなっていた。

「僕たちに話をしなければならないなにがあるのか、想像もつかないんだが」アポストリスが言った。

ジョリーは夫が部屋を歩いていき、バーコーナーで飲み物を作るのを見ていた。だが、彼は口をつけなかった。氷を入れたタンブラーを揺らし、妻に向かって眉を上げる。彼女は首を振り、自分のぶんの飲み物を断った。

夕食にとてもおいしいワインを飲んでいたけれど、今はアルコールを口にするより素面《しらふ》でいたかった。これから不安になるとしても、酔っていたくはなかった。

「なにを話すのか、あなたには想像もつかないかしら？」ジョリーは宿泊客に質問するときと同じけだるげな口調できいた。「おもしろいわね。私はいくつでも思いつくのに」

「話をする段階は終わったと、僕たちは思っているんじゃなかったのか？」アポストリスが彼女の向かいの椅子に座った。足を投げ出した彼は部屋が狭く見えるほど存在感があった。「今は違う武器があるからだ。そしてまったく違う闘いをしている」

「闘いとは関係ないの」ジョリーは突然、疲れを感じて言った。だから涙が出そうになったのだろうか。感情が堰《せき》を切ってあふれそうで胸が締めつけられ、激しく打つ心臓の上にてのひらをあてた。

アポストリスは長い間その手を見つめていた。それから陰鬱な視線をジョリーの顔に向けた。「僕たちの間に闘い以外のものはない」

ジョリーはため息をついた。「あなたがそうしたいなら、これを別の闘いとみなせばいいわ、アポストリス。私は勇気を出すと決めたの」自衛本能はまだ働いていて、彼女を必死に制していた。アポストリスは暗闇の中、ジョリーが理解できないと思ってさまざまなギリシア語をささやいていた。だから、彼女は黄金に輝く希望を抱いたのだった。「私たちのうち、どちらかが勇気を出さないといけないから」

彼がタンブラーをまわした。「僕たちの闘いに勇気が必要かな？」

「私たちがもう闘ってはいないと確認するためにね」ジョリーは静かに言った。「あなたもうんざりしているんじゃない？　私はうんざりしているの。だから、私がお金をどこに送っているのか教えようと思って」

自分がなにを期待しているのか、彼女にはわからなかった。アポストリスがタンブラーをまわすのをやめて、身構えることだったとは思えない。

彼は今にも感情を爆発させそうだった。

椅子からは動いていなかった。

しかし、ジョリーの目には夫の内面が見えるようだった。

「教えてくれ」

アポストリスが言ったのはそれだけだったが、ジョリーは言葉に苦々しさを聞き取った。彼女をじっと見つめる視線にも同じものがはっきりと表れていた。

最初の一歩におびえていては勇敢とは言えないでしょう？　ジョリーは無理に口を開いた。「あなたのお父さんと結婚したあと、祖父が私に遺《のこ》した財産を勝手に処分した親戚から連絡があったの。彼らは手切れ金を求めていた。哲学的なことを言わせてもらうと、ものを盗む人たちは決して盗んだものを手元に置いておけないのよね。もともと自分のではないせいかしら」

「哲学的、か」アポストリスが低く暗い声で繰り返した。「君には似合わない言葉だ」

ジョリーは挑発には乗らなかった。「私は彼らに地獄に落ちてほしかった」話を続けた。「けれどできなかったわ。あの二人がどうなろうと知ったことじゃない。振り返ってみると、腹がたったのはお金を奪われたからじゃなかった。両親との思い出をすべて壊されたことが問題だったのよ。祖父母との思い出もね」

彼女は馬車小屋の玄関ホールに飾られた写真を思い浮かべた。自分がどんな人間になったかによって、もう一度見たときに印象が変わるかもしれない切り取られた瞬間。時がたてば違った意味を持つ場合もある光景。それが叔母夫婦がジョリーから奪ったものだった。年月が経過しても過去の出来事と交われるきっかけと言ってもいいかもしれない。

しかし、アポストリスのまなざしはどんどん険悪になっていた。

「叔母と叔父は祖父の遺産を全部売るか捨てた。この世でいちばん愛していた人たちが遺したものは私だけ――そこが許せないの」

「それでも盗まれたこと自体は許すのか」痛烈な口調だった。「すばらしい道徳観だな」

「許してはいないわ。でも私がつらいのは、叔母夫婦に盗まれて私の人生の選択が狭まったことじゃない。思い出に無関心だった二人のせいで悲しい思いをしていることなの。欲の深い二人のせいで。その二つの間には大きな差があるわ」

「君がそう言うならそれでいい」だがアポストリスの表情は……険悪さを増す一方だった。

「厄介なことに、叔母夫婦には娘がいるの」必死にとめる自衛本能を無視して、ジョリーは口を開いた。「いとこの名前はマティルド。直接会ったのは一度だけだけど、それ以来連絡を取り合っているわ」彼女は息を吐いた。これからの告白はかなり大変になると覚悟していた。「マティルドからのメールで、私はあの子が元気かどうか確認している。取り引きの内容は単純よ――私が叔母たちにお金を払えば、二人は娘を大事にする」

「そういう人間を信用しているのか？」

「あの二人はごみの捨て方もわからない人たちだわ」ジョリーの口調が思わず強くなった。「そんな人たちに女の子の育て方なんてわかるわけがない。でも私は、私が受けたような教育をいとこにも受けさせるよう要求した。私と同じ目にはあわせるなと釘《くぎ》を刺して」彼女はアポストリスの顔色をうかがい、懇願したかった。けれどなんとなく、夫は動じないだろうという気がした。「わかったかしら？　私はいとこを守らなければならなかった。それが私のしてきたこと。自由になって自力でいとこを助けられるようになるまで、私がこの先何年も続けなければいけないことなの。一人で」

永遠にも思える間、二人はただ座っていた。

アポストリスの視線は揺るぎもせずにジョリーをとらえていた。彼がやっと口を開いた。「一つ言わせてくれ。君はずいぶん踏みこんだ話をしたつもりだろうが、重要な情報が欠けているな」

ジョリーの胸が痛くなった。「私はそうは思わないけど」

「君は一度会っただけの女の子を自分の人生の中心に据えるのか？」

彼女は夫を見つめた。「誰もがあなたのような人じゃないのよ、アポストリス。世の中には人間関係を取り引きだと思わない人もいるの。そういう人は見返りを求めない。あなたには想像もつかないでしょうけど」

「君の話によるとその子は悪党たちの娘だそうだが、君はどういうわけかいとこにずいぶん責任を感じているんだな。自分の子供に責任を負わない親も多いのに」

「私はいとこに共感しているの」ジョリーは静かに言った。そうしなければ叫ぶか、すすり泣くかしそうだった。「あなたがそういう感情を知っているとは思わないわ。でも、聞いたことくらいはあるでしょう?」

「なぜだ?」彼があまりにやさしい声で尋ね、ジョリーは警戒した。「世の中にはたくさんの迷える少女がいる。どうしてその子だったんだ?」

「なぜって……」警戒心がさらにふくらんでも、彼女は進みつづけ、最後までやり遂げなければならなかった。できなければ死んだほうがまし、とまで思っているのはなぜなのかはわからなかった。「いとこには私に似ているところがあるからかしら」

「なるほどね。独りよがりなわけか」

ジョリーは立ちあがり、震えている自分に驚いた。「信じてくれなくてもいいわ。どうしてあなたが信じるなんて思っていたのかしら? でもマティルドがそうなのよ、アポストリス。いとこが私の最後の秘密なの」しかし夫の表情は変わらず、彼女はかぶりを振った。「これであなたはすべてを知ったわ。なのに前よりもっと怒っているのね」

「怒ってはいない。ただ君を信じていないだけだ」

冷静な声を保つにはとてつもない努力が必要だった。「私を信じたら、これまでの悪女のイメージが壊れるのが怖いのでしょうね」

「ただのイメージなのかな?」アポストリスが笑っ

たが、まったく楽しそうではなかった。「僕は君という悪女のせいで身動きが取れないのに」

ジョリーはどなりたくなった。それどころか、アポストリスが収集している貴重な彫刻作品を彼の頭に投げつけたいとさえ思った。

でも、それもまた闘いの一つだ。

彼女は闘うことに飽き飽きしていた。

だから代わりに背筋を伸ばした。自分の足で床を踏みしめ、アポストリスのまなざしがそこに向けられると落ち着きを取り戻した。彼がなにを言おうとこちらのほうが強いのだと言わんばかりに歩き出し、夫の前でひざまずいた。

その体勢を取るのが初めてでないのがうれしかった。初めてだったら、降伏のしるしと思ったかもしれないからだ。ジョリーにアポストリスに服従するつもりはなかった。前に同じことをしたとき、自分のほうが主導権を握っていたのを覚えていた。

これはマティルドのためだけにしていることじゃない。たしかにずっといとこを救いたいと願い、必ずそうするつもりでいるけれど、それ以外にも理由がある。

もしも……という希望のためだ。

宿泊客たちのもてなしに忙殺されていがみ合う暇もないときの、アポストリスと自分のため。

長い時間がたったのち、私はそういうことを記憶していたいと思うはずだ。

ジョリーはアポストリスの前にひざまずき、手を伸ばして彼の手を取った。夫の指には、彼女が身につけているシンプルな指輪をより太くしたものがはまっている。それは二人が本当に結婚しているという証拠だった。つまり、すべては本当にあった出来事なのだ。アポストリスと体を重ねて最高の夜を過ごしたあと、名残惜しくて絶望した夜明けを迎える日々は夢ではなかった。

アポストリスはひどく緊張していた。そこには抑えきれない野性的ななにかもあった。

ジョリーはアポストリスを見あげ、彼の手を握ったまま視線をしっかりと合わせた。「あなたに話したのは今の状況を変えたかったからなの。私たちの間に秘密はいらない。私は今の状況を抜け出して、あなたと本物の夫婦になりたいのよ、アポストリス」

彼はジョリーを見つめながら身じろぎ一つしなかった。真っ向からあざわらわれるよりはましだった。痛烈に非難されるよりも。

だから彼女は続けた。「もしスピロスのことは忘れて、私たちがやり直せるとしたらどうなるかしら？　武器を取って闘うんじゃなく、私たちが自分らしくいられるとしたら？　スピロスの遺言に従うんじゃなく、あなたと私がしたいことをすると決めたならどうなると思う？」

「君は想像力が豊かなんだな」アポストリスの笑みには苦々しさがまじっていた。

「あなたはディオニをとても大切に思っている」ジョリーの口の中には絶望という味が広がりはじめていた。「結婚する前は知らなかったけど、あなたは人を大切にして、それをビジネスにもしている。多くの人を窮地から救い、このホテルも救うために故郷に帰ってきた」壁の写真が脳裏に次々と浮かんでは消えていく。「幼いころ暮らした家や妹も大事にし、世界じゅうで善行を積んでいるわ。だからもしも……」震えている自分の声がいやだった。「もしも……あなたが私との結婚も大事にしてくれたらどうなると思う？」

外は暗かったが、その言葉は金色の光となって二人の間にひらめいた。しばらくして、ジョリーは気づいた。いいえ、私がつけた明かりの一つが二人を照らしているにすぎない。

そのときアポストリスが身を乗り出し、ジョリーを抱きしめた。「いとしい妻よ、君が嘘をついていないと思えるのは」かすれた声はジョリーが震えあがるほど暗かった。「のぼりつめるときだけだよ」

骨が折れるほどの衝撃が彼女の全身に走った。

もしかしたら砕けたのは心だったのかもしれない。

「アポストリス、お願い――」

「世の中には死よりも悪いことがあるんだ、ジョリー」彼が同じ暗い声で続けた。「君が前に言った言葉を覚えているかい？　それは敗北することだ。どうか味わってくれ」

アポストリスの唇に唇をふさがれたとき、ジョリーは希望が失われ、自分が負けたのを悟った。

しかし本当の悲劇は、夫にキスを返してしまったことだったのかもしれない。

10

翌日、アポストリスはパリに飛んだ。ジョリーとの間には決着がついたはずだが、先延ばしになっただけという気がしてならなかった。

あのあとはいつものように欲求を解消したが、二人の選択は間違っていたのかもしれない。すべてが過剰で……真実に近すぎた。

僕は自身の弱さにうんざりしているのかもしれない。

彼はジョリーを信じたかった。彼女が自分たちがどうなれるのか、どんな結婚生活を送れるのかを語ったときはそう思った。

しかし、アポストリスはとっくの昔にそんな夢物語はあきらめていた。

ジョリーの秘密なら知っていた。あの美しい顔にほだされて心を変えたら、僕は本当に弱い男になってしまう。父親と同類に。

パリに降りたったときのアポストリスは、雨空と同じくらいどんよりとした気分だった。

アルセウがパリで所有していた物件の一つ、オルセー美術館から歩いてすぐのところにあるタウンハウスへ行くと、親友が待っていた。アルセウもアポストリスと同じくらい陰鬱な表情をしていた。

「なにかあったようだな」表向きの用事である仕事上の話し合いが終わったあと、彼はアルセウに言った。

「なにもない」友人はすぐさま言い返した。まったくアルセウらしくない行動だった。「おまえこそ、耳から湯気が出ているのが見えるようだぞ。そういう表現があるんだろう?」


複数の言語に堪能なアルセウが、その表現を知らないとは思えなかった。しかし、彼にはわざと知らないふりをする癖があった。

アポストリスは答えた。「嘘《うそ》をつくのをいつまでもやめない相手に腹をたてているだけだ」

彼は即座に言ったことを後悔した。しまった、という気持ちがわきあがっていた。

理性的に考えるなら、わけがわからなかった。アルセウはいちばん古い友人なのに。味方が一人もいなかったとき、つまり父親に勘当されて島に帰るのを許されなかったとき、彼は兄弟のように頼りになった。いや、兄弟以上にと言ってもよかった。二人は協力して人生を切りひらき、ずっと互いに背中をあずけて支え合っていた。

アルセウのことは本当の家族よりも近しい存在だと思っている。

しかしジョリーのことを言った言葉については、

ひどい裏切りだと後悔していた。

　もしジョリーが自分の友人や妹のディオニに同じ言葉を言っていたら、どんなに詳しい事情は伏せられていたとしても、僕はナイフで刺されたように感じるはずだからだ。

　しかしすでに口にした以上は、なにをしても意味があるとは思えなかった。僕は言わないほうがいいことを言ってしまったのだ。ひょっとしたらそうすれば、自分とジョリーの関係が根底から変わったのを理解できると考えたのだろうか？

　だがジョリーが嘘つきなのは変わらない。心の中で声がした。

　ほかの選択肢はありえなかった。

　友人が窓の外に広がるパリの景色に夢中になっているように見えたのは幸運だったのかもしれない。数えきれないほど目にしている景色なのに。

「今夜は街にずいぶん興味があるんだな」アポストリスは指摘した。「パリが好きになったとは知らなかったよ」

　友人は振り返らなかった。「僕は丘の上に住んでいて、まわりにあるのは木ばかりだ。だから、多くの人々がひしめき合っていると驚いてしまう。しかも彼らは望んでそうしている」

　アポストリスはさらに話が続くのだろうと思ったが、なんとなく先を促すのはよくない気がした。アルセウは他人に言われたからといって従う男ではない。「妹も似たようなことを言っていたよ」アポストリスはディオニとの最近の電話を思い出して笑った。「言ってなかったが、あいつは島を出てよりにもよってニューヨークへ行ったんだ」

「今なんと言った？」

　そのときのアルセウはいつも以上に気むずかしく、恐ろしげに見えた。「僕もあの妹が大都会へ旅立ったのには驚いたよ。いつかアテネで生活するくらいのことはあるだろうと思っていたが、まさかニューヨークとはね。しかし話を聞く限り、第二の故郷となっているようだった」

アルセウが笑い出し、アポストリスは顔をしかめた。声はあまりに苦々しかった。

友人が振り返ってアポストリスを見たとき、その目は暗く、声はそっけなかった。「平和的な解決につながるなら、嘘つきの嘘を信じたほうがいいのかもしれないな」

アポストリスは友人のとても平和的とは思えない言葉に目をしばたたいた。ところが、アルセウはすでに一目散にドアへ向かっていた。

「悪いが、失礼する」アルセウが途中で足をとめて言った。「電話をかけなければならない用事があるのを忘れていたんだ」

友人が部屋を出てドアを閉めたとき、アポストリスはいやな予感がした。アルセウが誰に電話をかけるとしても、相手が無事だといいが。

アポストリスが友人の行動や奇妙な言葉についてそれ以上思い悩むことはなかった。窓辺へ行って、アルセウをあれほど魅了した光景を眺める。雨に輝く夜のパリを。

ところが、アポストリスの目にはなにも見えていなかった。頭にはジョリーの顔が浮かんでいた。

自分の前にひざまずき、〝もしも〟とささやいた彼女の顔が。

そのあとジョリーはアポストリスの前に裸身をさらし、すべてを彼に捧《ささ》げた。そしてアポストリスに抱かれている間、口にしてはならない言葉を口にした。まるで彼女とアポストリスでは結婚生活のとらえ方がまったく違っていたかのようだった。

しかし、彼には受け入れられなかった。受け入れるつもりもなかった。

翌日、アポストリスは何本か電話をかけた。アルセウはどこにもいなかったので、パリを離れ、スイスに向かった。

ジョリーの銀行口座にあった金は、二日前にジュネーヴにある銀行から引き出されていた。真実を確かめるときがきたのだ。いとしい妻に僕なりの〝もしも〟をプレゼントするときが。

飛行機での移動時間は短かった。だが目的地が近づくにつれ、彼は自分の中に深く暗い怒りが煮えたぎるのを感じた。

これから見るものがなんであれ、気に入らないのは確信していた。

もしジョリーがバージンでなかったら、恋人に金を送っているのだと僕は思っただろう。たとえ頭の中に〝そんなことはありえないわ〟と言う妻の皮肉っぽい声が響いていても。

そのせいでアポストリスは落ち着きを失っていた。

しかし、ジョリーが言ったことを信じるわけにはいかなかった。彼女を父親の理想に協力しただけの無実の人間とは思えなかった。

あのとき、ひざまずいた妻が口にした言葉も受け入れられなかった。

もし信じてしまったら、自分が父親と同類だと認めなければならなくなるからだ。

僕があの父親と同じなわけがない。

そこまで考えたとき、アポストリスは歯が砕けそうになるほど顎に力を入れていた自分に気づいた。

飛行機を降りた彼は待っていた車の後部座席に乗りこみ、運転手に行き先を伝えた。おかげで、ジョリーという問題をじっくり考える時間ができた。

本当は考えたくなかった。彼女が華奢《きゃしゃ》な肩でホテル・アンドロメダを背負ってきた七年間についても。父親の遺言の内容やあの嵐の日の結婚式、同席していたディオニとアルセウが新郎新婦の険悪な雰囲気から逃げるように姿を消したことについても同様だった。

父親が亡くなり、復讐《ふくしゅう》したい気持ちが生まれてからすでに一生分の時間がたったかのように思えているのに、まだこの先何年も続くとは。

だがホテル・アンドロメダを手に入れたいなら、九五年、ジョリーと結婚しているしかない。

アポストリスは遺産相続についても考えた。そしてディオニになにも遺《のこ》さなかったのは父親の悪意でしかないことに、なぜ気づかなかったのかと思った。

そのとき、また心の声が聞こえた。父親はディオニの世話を僕ではなく、妹の友人で継母でもある僕の妻に託したのだ。父親は僕よりもジョリーを信頼していたから。ディオニも。

輝く湖とはるか彼方《かなた》に誇らしげにそびえる山脈を背景に、車はジュネーヴの通りを走り抜けた。しかし、アポストリスはなにも目に入らなかった。そして胸が震えているのは、いつの間にか自分がうなり声をあげていたからだと気づいた。

アポストリスはすぐにやめた。

ジョリーは僕に信じてほしかったのだ。実の父親は息子を信用したことがなかったし、アポストリスも父親を信用しないほうがいいとわかっていた。いつからそうだったのかは思い出せなかった。だが、大人になるずっと前から気づいていた気がする。

直感が働いたためだったのだろうか。僕はその直感に従ってこれまで生きてきた。

父親は信用に値する男ではなかった。することなすことすべてに裏の意図があって、誰が傷つこうと意に介さなかった。そういう人間に近づかないほうがいいのは子供心にも簡単にわかった。

アポストリスは両手を広げて見つめた。急に指に刃がついているような錯覚に陥っていた。

それから、必然的に母親のことを思い出した。

そうすることはめったに自分に許さなかった。いつも脳裏に浮かぶのは、自分が幼かったころの母の姿だった。その声はやさしくて愛にあふれ、聞いていると心が安らぎ、香りは夏を思わせた。

ときどきジョリーがホテルのあちこちに飾っているフラワーアレンジメントの前を通りかかると、同じ香りをかいで足をとめることがあった。

決して認める気はないが。

アポストリスは母親の死を妹のせいだとは思っていなかった。だが、父親はそう思っていたのかもしれない。やさしい顔を向けながら三十年近くも恨みを抱きつづけ、遺言で本心を明かすなど、いかにも父親らしいやり方だ。

だから、僕はジョリーの嘘を暴こうと必死になっているのだ。

僕たちは自分たちがどういう事情で結婚しているのか理解しておく必要がある。そのためにも嘘がないほうがいいのだ。

そうすればかつて起こったようなことは二度と起こらないだろう。大学を卒業する直前、アポストリスは留守番電話に〝今後、おまえは一人で生きていけ〟という父親からのメッセージが入っているのに気づいた。〝自力で金を稼げるようになるまで家には帰ってくるな。驚くような話じゃないだろう？〟

父親の声はずる賢かった。〝自分がどれだけ無責任か、おまえは知っているのだから〟

だが、当時のアポストリスは驚いた。父が息子を切り捨てようと計画していたことに。

一人で生きていけと言われるなら、最初から知っておきたかった。アポストリスがこの世で唯一信頼している男がアルセウなのには理由があった。二人は何度も互いに対して信頼に足る人間だと証明してきた。

ことわざにもあるだろう？　〝信用せよ、だが確認はせよ〟と。

ジュネーヴが誇る美しい景色とはほど遠い場所にあるアパートメントの前で車がとまったとき、アポストリスはだからここへ来たのだと思った。手にした住所のメモに顔をしかめたものの、運転手に待つよう告げて車を降りた。

そして建物の正面玄関のドアまで歩きながら、どうすればいいか考えた。

しかし、結論が出る前にそのドアが開いた。ひと組の夫婦が耳ざわりな低い声で言い争いながら出てきた。

アポストリスはドアをつかむと、一瞥《いちべつ》もせずに夫婦の横を通り過ぎた。そして中に入り、階段で三階まで上がり、メモにあった部屋番号を見つけた。

結婚式の日のように、胸はまた締めつけられていた。なにかいやなものが首をもたげようとしていた。

本当にこの部屋のドアをノックして、僕は質問に答えてもらいたいのだろうか？

しばらく迷う間、アポストリスは星明かりとワインに酔いしれたテラスでの夜を思い出した。音楽と魔法のようなものがあった夜を。

その魔法がなんなのかはわかっているだろう？心の中の声がささやいた。おまえはただ、認めたくないだけなんだ。

ベッドでおおいかぶさってくるジョリーの姿も思い出した。そのときの彼女はなんらかの希望をこめてこちらに触れているかのように見えた。

だが特に気にかけたこともない街の、いかがわしい地域にある荒れ果てたアパートメントで、アポストリスは記憶を振り払った。

これは希望のための行動ではない。真実のための行動なのだ。

アポストリスはめざすドアをたたいて待った。中からかすかな音が聞こえたので、もう一度今度は強くたたく。

鍵を開ける音が聞こえてドアが開いたとき、彼は覚悟を決めた。現れるのが誰であれ、僕は対処してみせる。ジョリーは闘いは終わりだと思っているようだが、僕は――。

しかしドアがほんの少し開いたとき、アポストリスは凍りついた。

ドアの隙間から彼をのぞいていたのは一人の女性だった。年齢は十代後半から二十代前半だろう。誰なのかはすぐにわかった。青すぎる瞳や短く切りそろえた髪の色は、ジョリーと同じだった。

「借金の取り立てに来たのなら」女性が少し不安げな顔をしながらも落ち着いた声で言った。「両親は出かけていて――」

アポストリスは地面が真っ二つに割れたかと思った。手を伸ばしてドア枠につかまると、女性が目を見開いた。「怖がらないでくれ。君を傷つけたりはしない。借金の取り立てに来たわけじゃない」

どうやって償えばいいのか見当もつかなかった。自分が言ったことをどううめ合わせればいい？ジョリーを悪女だと信じていたことを。

「でも具合が悪そう」女性がささやいた。「顔色がよくないけど、病気なの？」

「ちょっと誤解していたことがあってね」アポストリスは奥歯を噛《か》みしめながら答えた。動揺を抑えて話せた自分に驚いていた。

落ち着きを取り戻すにはしばらく待たなければならなかった。そして完全にではなくとも、どうにか言葉を口にできるようになった。

「ここへ来る途中で、君の両親とはすれ違ったと思う」彼は言った。「二人はすぐに帰ってくるだろうか？」

女性は唾をのみこんだが、なにも答えなかった。そのようすからアポストリスはすべてを察した。

「申し訳なかった。最初から間違えてしまったな。

僕はアポストリス・アドリアナキス。君のいとこの夫だよ、マティルド。ジョリーは僕の妻だ」あざけりをこめることなく彼女を妻だと言ったせいで、全身に震えが走る。それでも、彼はマティルドから目を離さなかった。この女性を、ジョリーは自分をどれほど犠牲にしようとも守ってきたのだ。僕にそれ以上のことができるだろうか？「君は自由にならなければいけない」

そう言ってアポストリスは手を差し出し、ジョリーのいとこがその手を取るのを待った。

マティルドがそうしてくれるなら、僕は救われるかもしれない。

11

腕いっぱいに花をかかえて村からホテルへ帰る途中、ジョリーは頭上をアポストリスのプライベートジェットが飛んでいくのを見た。

胸にわきあがった希望に飛びついちゃだめよ、と彼女は自分に厳しく言い聞かせた。彼は出かける前、自分がどう思っているかはっきりと口にした。どこに行くのかさえ私には教えてくれなかった。

アポストリスが留守のふた晩は、たった五分しか眠れなかった。彼がいないと眠りは訪れなかった。けれど帰ってきた夫の考え方が少しでも変わったかもしれないと考えるのは、愚の骨頂だ。

それでも、今のジョリーは少しも疲れを感じなかった。最寄りの村からホテル・アンドロメダまで続く丘の曲がりくねった階段をのぼるとき、彼女の足取りは軽かった。

いいえ、落ち着きなさい。ジョリーは自分に命じた。まずはマティルドを彷彿《ほうふつ》とさせる少女の寝室に贈る花を慎重に運ばないと。

つまり、私自身にも似ているということだ。なにもなかったら、私たちもあの少女のような人生を送っていたのかもしれない。だから私は自分の人生が絶望に染められる前に、あの少女を祝福したかったのかもしれない。

ホテルに戻ったジョリーは用事を片づけてから、花を花瓶に生けて女の子の部屋に贈った。

私道を走るレンジローバーのエンジン音を聞くよりは、仕事に没頭していたかった。ドアが開くたびに夫だと思って振り向くよりも。

けれど、どちらもせずにはいられなかった。これはストックホルム症候群の一種かもしれないし、アポストリスと過ごすベッドでの時間がやみつきになっていたのかもしれない。このふた晩はつらくてたまらなかった。

あるいは、単に彼がいる日々に慣れていただけかもしれない。夫がいないせいで広すぎてむなしく思えるベッドに一人で横たわりながら、ジョリーはそんなことを考えていた。

アポストリスがいないと眠れないのがショックだった。何度も目を覚まして手を伸ばしたけれど、隣に夫はいなかった。

その事実について、ジョリーは二つの気持ちを抱いた。一つは自分に残酷な態度をとってばかりの相手を求めているのが情けないという気持ちだった。

もう一つは、二人はこれまでずっと闘ってきたのだから、もしかしたら私はもう少し闘っていたほうがよかったのかもしれないという気持ちだった。これアポストリスが戻ってくるまで、ジョリーはそんなことを悶々《もんもん》と考えつづけた。

仕事を終えると、ホテルの通用口から外に出て馬車小屋へ向かった。建物の前にレンジローバーがとまっているのを見て、胸が高鳴る。

夫が家にいる。本当に帰ってきたのだ。

私は哀れな心のどの部分が正しいのか判断しなければならない。

ジョリーははやる足をとめられなかった。そんな自分をみじめだと思った。その瞬間、時間をとめられるならなんでもしたかった。もし彼が私には納得できない答えを返してきたらどうするの？

誰が見ているかわからなくてもどうでもよかった。彼女は私道を駆け出していた。絶望と、希望と言うにはあまりにも刺々《とげとげ》しい感情をかかえ、ドアを勢いよく開けて転びそうな勢いで中へ入る。

ジョリーは玄関ホールの白黒の写真に迎えられた。自分にはいつも手が届かないと思っている、人生の喜びと光を切り取った作品に。

そういうものは永遠にガラスの向こう側から眺めるしかないとあきらめていた。自分はそこには行けないのだと。

けれど、今は写真にかまっていられなかった。十年ぶりに自分の心の声に耳を傾けている今は。

ジョリーは家の中へ歩を進めた。予想していたとおり、アポストリスが妻を出迎えることはなかった。彼女は向きを変えて逃げ出したくなった。どこかに隠れていれば、まだ希望はあるふりができるかもしれない。

それでも足を動かしつづけた。

広々とした開放的な空間を半分ほど進んだとき、物音がしてジョリーは顔を上げた。

夫が螺旋《らせん》階段を下りてくる。

「アポストリス」ジョリーは彼の名前を呼ばずにい

られなかった。夫には言いたいことがたくさんあった。

「二人きりで話がある」アポストリスが低い声で言った。「だが、その前に君にしてほしいことがあるんだ」

「私はなにもしたくないわ。ただ――」

しかし、彼はそれ以上近づいてこなかった。階段の下で立ちどまると、手を振ってジョリーの言葉をさえぎろうともキスで唇をふさごうともしなかった。指を一本立てて、芸術品を飾っている空間を指さしただけだった。

ジョリーは背筋が凍りつくような感覚にとらわれたものの、指し示された方向を見た。

呼吸がとまった。絵画や彫刻が並ぶ壁を背にして、ブロンドの華奢《きゃしゃ》な女性がいたからだ。

「マティルド……」ジョリーはささやいた。

「本当なの？」いとこの声はささやきより少し大きい程度だったが、ジョリーには叫び声に聞こえた。「今すぐあなたのところに行って一緒に暮らせば、永遠にパパとママから自由になれるって本当に本当？　彼がそうだと言うの」マティルドの顔がくしゃくしゃになった。「ジョリー、本当だって言って」

ジョリーは驚きと喜びを同時に顔に浮かべながら螺旋階段を駆けあがり、いとこを抱きしめた。

そして、夢じゃありませんようにと祈った。

幸先《さいさき》のいい出来事だった。

しばらくして、ジョリーはマティルドをかつて自分が使っていた客用寝室に寝かせた。そこにはジュネーヴからいとこが持ち出した品々が置かれていた。

マティルドの話によると、アポストリスがアパートメントに現れ、荷物をまとめるように言ったのだという。新聞記事で彼を知っていたいとこは、急いで荷造りをした。〝もちろん、そんな記事を信じてなかったからよ〟

いとこは安心させたくて言ったのだろうけれど、ジョリーはもう何年もゴシップなんて気にしたことがなかった。新聞は思わせぶりな記事を書いてはお金を稼いでいるだけだ。マティルドがそんなものを信じるわけがない。

〝そうよね〟ジョリーはうなずき、話を続けるよう促した。

いとこはふたたび語り出した。ありえないことにアポストリスはマティルドと彼女の両親の間に立ち、ジョリーから金を受け取るのをやめて姿を消したほうが得策だとはっきりと伝えたらしい。なぜなら、彼の弁護士が動いているからだと。

そしてさらに、ジョリーに近づくなとも言ったそうだ。話す間じゅう、マティルドは目を大きく見開いていた。〝そして彼は、娘にも近づくな、自分があなたたちだったら、どこかに行って二度と姿を現さないだろうと警告してた〟

マティルドもジョリーも叔母夫婦がアポストリスの言葉に従うとは思わなかったけれど、一つだけ確かなことがあった。少なくとも二人の恐怖の日々は終わったのだ。

マティルドの両親は今後、アポストリスを通さなければ話ができなくなったのだから。

その事実はすべてを変える。

ジョリーはいとこを落ち着かせた。眠りがマティルドの興奮と旅の疲れを癒やし、この長い悪夢が本当に終わるといいのだけれど。玄関ホールに向かったジョリーは覚悟を決めた。

夫を見つけなければ。

ついにそのときがきた、と思いながら主寝室に入った。過呼吸になる前に、少し立ちどまって息を整えなければならなかった。

またはすすり泣く前に。

冷静でいられると思ったから階下に来たのに、オフィスにアポストリスの姿はなかった。

ジョリーはパニックに陥り、外に出てホテルへ向かった。しかし厨房《ちゆうぼう》やスタッフが働いている場所で、彼の話をする者はいなかった。つまり、ここにもいないのだ。

またどこかへ出かけたの？　信じられない。

ジョリーはふたたび外に出ると、庭園で立ちどまった。潮風が髪を撫《な》でる。プールサイドに宿泊客がいたので、ほほえんで手を振った。

しかし、そこにもアポストリスの姿はなかった。崖まで歩くと、そこには海を眺めるためのベンチがあった。そしてついに彼を見つけた。

夫は崖の下――ディオニと写真に写っていた浜辺に一人でいた。

ジョリーは崖の側面にある階段に向かって駆け出した。もはや一秒たりともアポストリスと離れているのに耐えられなかった。

ジョリーは浜辺に下り、夫のところまで走った。見境のない行動なのは承知していた。

本当は二人が問題を解決しないままでいることなどどうでもよかった。そもそもアポストリスが誰と帰ってきたかを知る前は大事だったと思っていたの？　今は当然、気にしていられない。

大切なのは、アポストリスがマティルドを連れて帰ってきた事実だけだから。

理由や方法は知らなくてもいい。重要なのは彼がしたことだけだ。

だからアポストリスが振り返ったとき、ジョリーはなにも考えずに両手を伸ばした。

自分を受けとめてくれると信じて、彼の胸に飛びこんでいく。

あの人は私を拒まないと信じて。

考えていたら、物事は複雑になるばかりだからだ。

アポストリスに向かって身を投げ出すのは簡単だ

った。彼は私を受けとめてくれる？　それとも冷たく見つめるだけ？

アポストリスが答えを出した。

彼はジョリーに腕をまわし、強く抱きしめた。

ところが彼女を地面に下ろしたとき、その顔はつらそうだった。

「アポストリス」ジョリーは荒い息を吐きながら祈るように名前を口にした。「どうお礼を言ったらいいのかわからないわ。ありがとう。本当に感謝してる。ありがとう――」

「やめてくれ」アポストリスが口を開いた。ジョリーが彼の前にひざまずいたときに聞いた、苦々しく暗い声とは違っていた。

心が砕け散ったときに聞いた声とは。

「アポストリス」ジョリーはもう一度言った。「お願いだから――」

「僕は君が嘘《うそ》をついていると証明するために、スイスへ飛んだだけだ」アポストリスの声は低くざらついていた。視線はとても暗く、ジョリーは言葉を続けられなくなった。「だが僕が見つけたのは、君が言ったとおりの真実だけだった。マティルドは君の話は正しいと保証し、君が話さなかったことをたくさん話してくれたよ。僕は帰る道中、ずっと君がしてきたことを考えていた。君が彼女を救うためにどんな苦労をしたのか。父が君になにをしたのか。父は想像力が豊かだったが、下劣な男だった」

ジョリーは彼にしがみついた。目を離したら波が夫をさらってしまいそうで怖かった。「あなたのお父さんは亡くなったのよ」彼女は言った。「今さら墓を掘り返す必要はないわ」

アポストリスが二人の間に距離を置こうとした。その目にはいつも見ていた好戦的な光が浮かんでいる。しかし、ジョリーは初めて気づいた。彼が闘っていたのはつねに自分自身だったのだ。

彼女もまた自分自身と闘っていた。

「墓を掘り返してはいない。君にどう謝ればいいのかがわからないんだ」アポストリスが波の音にかき消されてしまいそうなほど小さな声で言った。けれど、ジョリーは彼の声を聞き逃さなかった。アポストリスの存在はすでに彼女の一部となっていた。違うふりをするのは愚かでしかなかった。「なにから始めたらいいのか考えて、やっと思いついたよ」

彼女は顔をしかめ、アポストリスの腕をつかんだ。「離婚はだめよ。あなたは私から離れられないの。遺言にそう書いてあるんだから」

彼の口角がわずかに上がった。すると、もう二度ともとに戻らないほどばらばらになっていたジョリーの心に、真新しい希望という花が咲いた。

「僕は君に借りがある」アポストリスが静かに言った。「嘘つきは君じゃなく僕だった」

「アポストリス……」気づくと、ジョリーは彼の名前をささやいていた。

「七年前、僕は善意から父と君の結婚生活に忠告したわけじゃなかった。君をひと目見て嫌いになったと自分に言い聞かせていたが、本当は違ったんだ」

「私もそこにいたのよ、アポストリス。あなたは私を嫌っていたわ」

アポストリスが首を振った。「僕の最愛の妻は大好きな継母《ままはは》でもあったんだよ」ジョリーの髪に手を差し入れる。「ひと目見て君に感じたものは嫌悪ではなかったが、許される感情でもなかった。だからそんなふうになるのは君が悪いせいで、そういう人間は嘘つきだと決めつけたんだと思う。もちろん、それは体のいいごまかしにすぎなかった」

ジョリーは千もの言い返す言葉を思いついていたけれど、そのどれもが挑発的だった。自分の内側にあるやわらかな部分を守らなくてはいけないと考えていた。

でも、私はすでに望みをアポストリスに伝えている。心をさらけ出した今、なにを守らなければいけないの？

「もう行くわ」ジョリーはそっと言った。

「まだだめだ」アポストリスが怒ったように引きとめた。「まだ嘘はたくさんある。僕は君を憎んでいると自分に言い聞かせながら、なにがなんでも君が欲しくてたまらなかった。僕は想像以上に父親と同類だったんだ。正直に言うと、ジョリー、自分にうんざりしているんだよ」

「だったら私たちは闘いをやめなくちゃ。争いは二人を引き裂くだけだから。想像してみて――」

「僕もそうしたい」アポストリスがうなった。「だが、僕には資格がないんだ。君が与えられるべきものを与えられないんだから。僕は君を結婚という檻《おり》に閉じこめた男の息子だ。それに、父よりひどい仕打ちをした男でもある」


ジョリーは首を振り、さらにアポストリスに近づいた。「あなたと言い合うのはいつもダンスみたいだった。あの楽しみを失いたくないわ」そんなことを口にしている自分が信じられなかったけれど、本心なのだと気づいた。

何年もの間、私はこの人の数少ない訪問を待ちわび、言葉を交わしてほほえむ機会を楽しみに生きていたのだ。遺書が読みあげられて結婚式をあげたあと、二人で丁々発止《はっし》のやり取りを繰り広げたときに興奮していなかったとは言えなかった。それにすぐに裏の家へ戻ってもよかったのにそうしなかったのも、アポストリスといたかったからだ。

「でも私はスピロスのことで言い合うんじゃなく、私たち二人のことを言い合いたいの。できると思う？」

アポストリスが苦しげに首を横に振った。「わからない。なぜそんなことを望む？」

ジョリーは小さな声で答えた。「愛について考えるとき、私はあなたを思い浮かべるから。私はあなたから愛が欲しい。お客さまの前で本物の夫婦らしくしていた夜をずっと続けていきたいの。できるかどうか挑戦してみたいのよ、アポストリス。あなたはそんなことをしたら闘いに負けると思うんでしょうけど、私は――」

アポストリスが彼女の名前を呪文のようにささやいた。「君を失うほどつらいことはない。そうなるくらいなら死んだほうがましだ。君がそばにいてくれるなら、僕は毎日千の闘いに負けてもいい」

そしてジョリーにキスをした。甘く軽いキスはたちまち激しさを増した。

甘く軽いキスは二人らしいとは言えなかったからだ。ジョリーはアポストリスのすべてを求めていた。

「本当にすまなかった」彼がキスの合間に言った。

「人を愛するのは初めてでよくわからないが、約束するよ。僕の中にあるものはすべて君のものだ」

「私だってあなた以上になにもわかっていないわ」

彼女は夫を抱きしめた。「だから、一緒に理解していきましょう。私とあなたとで」

「僕のいとしい妻にしてただ一人の継母、僕のお星《アステリ・》さま《ムー》、僕は君のものだよ」

「私も永遠にあなたのものよ」

二人はもう一度写真に写っていた浜辺でキスをした。それが始まりになった。

闘いの終わりにも。

そして永遠が始まった。

12

二人は数年間、毎日少しずつ愛を深めていった。それでもアポストリスが自分を許すまでには時間がかかった。

しかし、ジョリーには秘密兵器があった。

物事が正しい方向に進んでいない気がするとき、彼女は必ず辛辣な笑みを浮かべて夫の注意を引いた。するとアポストリスが危険な声で問いかける。

〝そんな顔をしていいと思っているのか？〟

〝あら、ちっぽけな男の人なのに大きな声を出すのね〟彼女がそう切り返すと――。

彼がジョリーを抱きあげ、服を着たままの彼女をプールに放りこむ。そして笑うのだった。

そのあとは夫婦の寝室でキスをした。

マティルドはホテル・アンドロメダでの生活にすっかり慣れた。最初はジョリーのそばを離れたがらなかったので、二人は何時間も一緒に過ごし、新しい思い出を作っていった。

数年後、マティルドが言った。「そろそろ独り立ちしたいわ」そのころにはディオニのニューヨークでの冒険を、みんなが知っていた。

「島にはこれだけのものがあるのに、コンクリートだらけの街を選ぶ気が知れないよ」ある夜、アポストリスが告白した。

「誰もが自分の道を見つけなければならないのよ」ジョリーは言った。

彼が妻を見てほほえんだ。「君の道は僕に続いていたんだね、僕の崇拝する人《ラトリア・ムー》よ」

太陽が沈んでいく間、彼女はアポストリスに寄り添っていた。それから夜にはダンスをしたあと、私道を歩いて馬車小屋まで帰り、暗い玄関ホールで互いにぶつかって笑った。

もう二人の間に秘密はなかった。アポストリスは妻がギリシア語を聞き取れると知っていたし、ジョリーも夫とアルセウの友情や、彼が心の奥底に隠しているやわらかな心を隅々まで理解していた。

しかし、ジョリーには一つだけ夫に隠していることがあった。今夜はそれを打ち明けるつもりだった。

二人とも生まれたままの姿になったとき、ジョリーはアポストリスの胸に体をあずけて彼の底知れぬ瞳を見つめた。どちらも窓から差しこむ月明かりを浴びていた。「伝えたいことがあるの」

アポストリスがほほえんだ。「いつになったら話してくれるのかと思っていたよ」

彼女はにっこりした。「気づいていたのね」

「僕のいとしい妻にして大好きな継母《ままはは》、僕は君を愛している。だから、君のことならなんでも知っているんだ」

二人は一緒にほんの少しまるみをおびたジョリーのおなかに手を伸ばした。

「この赤ちゃんは、五年間の結婚が終わった一カ月後に生まれる予定なの」彼女は言った。

「すばらしいな」アポストリスが妻にキスをした。「これで君は永遠に僕から離れられなくなる」

しかし彼はそう言いながら笑っていた。ジョリーも同じだった。

二人にとって永遠は始まりにすぎなかった。おなかの子も彼らの最後の赤ん坊ではなかった。

二人の財産は愛だった。それはホテル・アンドロメダが瓦礫《がれき》と化したのちも続いていくに違いない。

ジョリーはそう想像するのが大好きだった。だから毎日、二人で愛をはぐくみつづけた。

ハーレクイン®

二人の富豪と結婚した無垢
2025年3月5日発行

著　者	ケイトリン・クルーズ
訳　者	児玉みずうみ（こだま　みずうみ）
発行人	鈴木幸辰
発行所	株式会社ハーパーコリンズ・ジャパン 東京都千代田区大手町 1-5-1 電話 04-2951-2000（注文） 0570-008091（読者ｻｰﾋﾞｽ係）
印刷・製本	大日本印刷株式会社 東京都新宿区市谷加賀町 1-1-1

ISBN978-4-596-72307-9 C0297

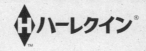

◆◆◆◆ ハーレクイン・シリーズ 3月5日刊 発売中

ハーレクイン・ロマンス

愛の激しさを知る

二人の富豪と結婚した無垢 **〈独身富豪の独占愛Ⅰ〉**	ケイトリン・クルーズ／児玉みずうみ 訳	R-3949
大富豪は華麗なる花嫁泥棒 **《純潔のシンデレラ》**	ロレイン・ホール／雪美月志音 訳	R-3950
ボスの愛人候補 **《伝説の名作選》**	ミランダ・リー／加納三由季 訳	R-3951
何も知らない愛人 **《伝説の名作選》**	キャシー・ウィリアムズ／仁嶋いずる 訳	R-3952

ハーレクイン・イマージュ

ピュアな思いに満たされる

捨てられた娘の愛の望み	エイミー・ラッタン／堺谷ますみ 訳	I-2841
ハートブレイカー **《至福の名作選》**	シャーロット・ラム／長沢由美 訳	I-2842

ハーレクイン・マスターピース

世界に愛された作家たち
～永久不滅の銘作コレクション～

紳士で悪魔な大富豪 **《キャロル・モーティマー・コレクション》**	キャロル・モーティマー／三木たか子 訳	MP-113

ハーレクイン・ヒストリカル・スペシャル

華やかなりし時代へ誘う

子爵と出自を知らぬ花嫁	キャサリン・ティンリー／さとう史緒 訳	PHS-346
伯爵との一夜	ルイーズ・アレン／古沢絵里 訳	PHS-347

ハーレクイン・プレゼンツ作家シリーズ別冊

魅惑のテーマが光る
極上セレクション

鏡の家 **《ハーレクイン・ロマンス・タイムマシン》**	イヴォンヌ・ウィタル／宮崎　彩 訳	PB-404

※予告なく発売日・刊行タイトルが変更になる場合がございます。ご了承ください。

3月14日発売　ハーレクイン・シリーズ 3月20日刊

ハーレクイン・ロマンス　愛の激しさを知る

消えた家政婦は愛し子を想う	アビー・グリーン／飯塚あい 訳	R-3953
君主と隠された小公子	カリー・アンソニー／森　未朝 訳	R-3954
トップセクレタリー《伝説の名作選》	アン・ウィール／松村和紀子 訳	R-3955
蝶の館《伝説の名作選》	サラ・クレイヴン／大沢　晶 訳	R-3956

ハーレクイン・イマージュ　ピュアな思いに満たされる

スペイン富豪の疎遠な愛妻	ピッパ・ロスコー／日向由美 訳	I-2843
秘密のハイランド・ベビー《至福の名作選》	アリソン・フレイザー／やまのまや 訳	I-2844

ハーレクイン・マスターピース　世界に愛された作家たち ～永久不滅の銘作コレクション～

さよならを告げぬ理由《ベティ・ニールズ・コレクション》	ベティ・ニールズ／小泉まや 訳	MP-114

ハーレクイン・プレゼンツ作家シリーズ別冊　魅惑のテーマが光る極上セレクション

天使に魅入られた大富豪《リン・グレアム・ベスト・セレクション》	リン・グレアム／朝戸まり 訳	PB-405

ハーレクイン・スペシャル・アンソロジー　小さな愛のドラマを花束にして…

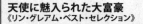

大富豪の甘い独占愛《スター作家傑作選》	リン・グレアム 他／山本みと 他 訳	HPA-68

文庫サイズ作品のご案内

◆ハーレクイン文庫……………毎月1日刊行

◆ハーレクインSP文庫…………毎月15日刊行

◆mirabooks………………毎月15日刊行

※文庫コーナーでお求めください。

ハーレクイン"の話題の文庫
毎月4点刊行、お手ごろ文庫！

2月刊 好評発売中！

ダイアナ・パーマー傑作選 第2弾！

『とぎれた言葉』
ダイアナ・パーマー

モデルをしているアビーは心の傷を癒すため、故郷モンタナに帰ってきていた。そこにはかつて彼女の幼い誘惑をはねつけた、14歳年上の初恋の人ケイドが暮らしていた。

(新書 初版:D-122)

『復讐は恋の始まり』
リン・グレアム

恋人を死なせたという濡れ衣を着せられ、失意の底にいたリジー。魅力的なギリシア人実業家セバステンに誘われるまま純潔を捧げるが、彼は恋人の兄で…!?

(新書 初版:R-1890)

『花嫁の孤独』
スーザン・フォックス

イーディは5年間片想いしているプレイボーイの雇い主ホイットに突然プロポーズされた。舞いあがりかけるが、彼は跡継ぎが欲しいだけと知り、絶望の淵に落とされる。

(新書 初版:I-1808)

『ある出会い』
ヘレン・ビアンチン

事故を起こした妹を盾に、ステイシーは脅されて、2年間、大富豪レイアンドロスの妻になることになった。望まない結婚のはずなのに彼に身も心も魅了されてしまう。

(新書 初版:I-37)

※ハーレクインSP文庫は文庫コーナーでお求めください。